KB264880

진실

세상을 행복하게 바라보는 가치

진실

1판 1쇄 인쇄 · 2006년 11월 10일
1판 6쇄 발행 · 2006년 11월 30일

지은이 · 최성배
발행인 · 이용길
발행처 · 도서출판 모아북스
기획 이사 · 정윤상
영업 · 권계식
관리 · 윤재현
본문 디자인 · 이룸

출판등록번호 · 제10-1857호
등록일자 · 1999.11.15
등록된 곳 · 경기도 고양시 일산구 백석동 1332-1 레이크하임 404호
전화 · 0505-6279-784
영업기획 · 0505-6242-016
팩스 · 0502-7017-017
독자서비스 · moabooks@hanmail.net
ISBN 89-90539-45-5   03840

· 좋은 책은 좋은 독자가 만듭니다.
· 모아북스는 독자 여러분의 의견에 항상 귀를 기울이고 있습니다.
  www.moabooks.com
· 저자와의 협의 하에 인지를 붙이지 않습니다.
· 잘못 만들어진 책은 구입하신 서점이나 본사로 연락하시면 교환해 드립니다.

진 실

최성바 지음

모아북스
MOABOOKS

흔들리는 초상

쇼펜하우어는 침대 머리맡 서랍에 항상 권총을 넣어두었다. 그것이 그 자신의 죽음을 위한 것이었는지, 항상 누군가 자신을 해치고 말 것이라는 스스로의 의심과 피해망상을 극복하기 위한 방어수단이었는지는 누구도 알 수 없다.

현대의 우리들은 늘 외줄 위를 걷는 기분으로 하루하루를 살아간다. 비록 머리맡에 권총을 놓아두지는 않지만 마음속에는 늘 무기를 숨기고 사는 셈이다. 또 불안감이 커지고 삶이 흔들릴 때는 가차 없이 그 무기를 꺼내들기도 한다. 두 세기 전 쇼펜하우어가 예견했던 '자아를 잃은 채, 불행과 고독으로 가득 찬 세계'가 바로 우리 눈앞에 펼쳐지고 있는 셈이다.

쇼펜하우어는 흔히 '염세주의자'라고 불린다. 그는 이 세상은 무시무시한 불행으로 가득 차 있다고 성토했다. 또 자아를 잃고 살아가는 인간의 초상에서 그 어떤 지옥보다 무서운 절망을 읽어냈다. 그리고 지난 몇 백 년간 현대화되고 소외되어가는 시대 속에서 삶의 의지를 잃은 많은 젊은이들이 쇼펜하우어에게 열광했다.

하지만 그들은 '염세주의자'라는 꼬리표에 가려진 쇼펜하우어의 진면목을 읽지 못했다. 그의 머리맡에 두었던 총이 결국에는 그의 삶의 의지와 맞닿아 있다는 점을 간과한 것이다. 쇼펜하우어는 비록 자살과 죽음의 숭배자로 스스로의 모습을 세상에 드러냈지만, 반면 누구보다도 자신의 철학과 삶에 열정을 바쳤다. 언뜻 그것은 모순처럼 느껴질지 모르나, 더 깊은 의미에서 그가 외쳤던 죽음은 결국 '더 행복해지기 위한 노력과 의지'를 의미했다.

그리고 21세기의 고층 빌딩 사이로, 이 순간 쇼펜하우어의 사상들이 돌아오고 있다.

그것도 우리가 흔히 알고 있는 고독한 철학자가 아닌 희망의 메신저로서 말이다. 쇼펜하우어의 강렬한 철학적 색채는 그 무엇도 아닌 인간에 대한 굳은 믿음, 즉 행복해지기 위해서는 그 어떤 고통도 감수할 수 있는 인간적 힘에 대한 신뢰에서 비롯되었다.

주변을 둘러보자.

아무리 살기 힘들다고 해도 우리는 언제나 행복을 추구하며 그렇게 되기 위해 많은 노력을 기울인다. 쇼펜하우어는 우리의 삶 자체를 바로 이러한 과정의 연속으로 보았고, 그 자신 역시 자신의 철학과 동등한 삶을 살았다. 그에게 어쩌면 삶과 죽음은 서로를 의지하고 함께 가는 양면의 동전이었는지도 모른다.

　　이 책은 이 시대에 다시 보는 쇼펜하우어의 철학, 그 동안 그늘에 가려져 있던 그의 긍정적 희망의 외침을 되짚어 본 책이다.

　　이 책에 담긴 그의 열정적인 삶부터 그의 철학이 싹트게 된 계기들, 그리고 주옥같은 잠언들은, 실의에 빠진 누군가, 삶을 더 사랑하고자 하는 우리 이웃들, 아니 현대를 살아가는 모든 이들에게 희망의 첫걸음이 될 것임을 믿어 의심치 않는다.

2006년 10월 10일

최 성 배

제 1 부

삶

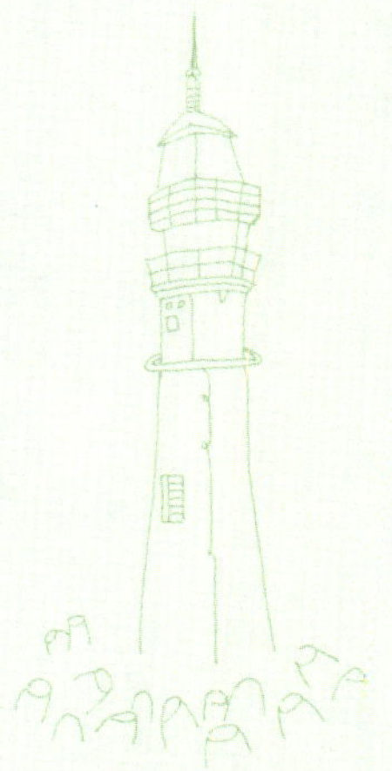

이기적인 염세주의자

언젠가 쇼펜하우어는 우리 인생의 3대 행복론을 다음과 같이 요약했다.

첫째, 사람은 애초에 태어나지 않는 것이 행복하다. 둘째, 태어났다면 일찍 죽는 것이 행복하다. 셋째, 일찍 죽지 않았으면 자살하라.

지금 눈앞에 쇼펜하우어가 있다면 당장이라도 멱살을 잡고, 정말 이렇게 생각하는가 물어보고 싶어질지도 모른다. 실제로 쇼펜하우어는 열렬한 자살 예찬론자인 동시에 19세기 전반의 염세주의적인 경향을 철학으로 이끈 대표적인 학자다. 말 그대로 세상에 실망하고 인생에 실망하고, 그래서 인생이란 본래부터 살아갈 가치가 없다고 생각하는 허무주의자들의 아버지 격인 셈이다.

그래서 '쇼펜하우어' 하면 대다수가 인생을 통달하고 해탈한 비극적인 천재의 이미지를 떠올리지만, 사실 그는 누구보다도 이 세상 속에서 살아남기 위해 온힘을 다했던 정열가였고, 그랬기에 더욱 외로웠던 사람이다. 그는 툭 하면 다른 철학자들과 싸움을 벌이고 저질스러운 인신공격을 퍼부으면서도, 한편으로는 고독하고 고매한 자신만의 정신세계를 키워나갔다. 또 자살을 미화시켜 비난을 받으면서도 그 자신은 72살까지 장수했다.

쇼펜하우어의 독설 공격을 받았던 유명한 철학자 피히테는 "누군가가 어떤 철학을 선택하는가는, 전적으로 그가 어떤 사람이냐에 달려 있다."고 언급한 바 있다. 그리고 평생을 통틀어 늘 불안과 고독, 불신, 병적인 집착에 시달렸던 허무주의의 천재 쇼펜하우어도 엄밀히 말해 이 범주에 속한다. 그의 비극적인 천재성이 어둠과 빛 사이에서 솟아오른 것 또한 그의 유년, 청년 시절과 무관하지 않기 때문이다.

그는 1788년 2월 22일 유럽 대륙의 북쪽 해안에 있는 자유 도시 단치히에서 태어났다. 그의 아버지 하인리히 플로리스는 네덜란드인의 피를 이어받은 부유한 상인이었으며, 독립심이 강한 자유주의자로 볼테르를 추종하는 세련된 신사였다.

또 아버지보다 20살이나 아래였던 어머니 요한나는 뛰어난 미모에, 훗날 여류작가로 이름을 떨치게 될 만큼 지적인 면모까지 고루 갖춘 여성이었다. 이에 대해 쇼펜하우어는 자기는 굳은 의지를 비롯한 성격은 아버지로부터, 또 어머니로부터는 지성은 물려받았다고 단

언하곤 했다.

　이처럼 어디로 보나 부족함 없이 태어난 쇼펜하우어의 유년은 당대의 정치적 문제로 인해 조금씩 흔들리기 시작했다. 그가 5살이 되던 해 단치니 시가 프러시아에 병합되면서 자치권을 상실하게 된 것이다. 그러자 자유주의자였던 아버지는 이에 반기를 들어 식솔들을 이끌고 안정적인 단치니를 떠나 함부르크로 이사했다. 쇼펜하우어는 이 최초의 타향에서 9살까지 보냈으며 이후 그의 아버지는 또다시 쇼펜하우어를 그 후 약 2년간 프랑스의 르아브르에 사는 친구에게 맡겨 두었다. 이로 인해 쇼펜하우어는 완전히 다른 곳에서 또다시 유년 시절을 보내야 했지만, 훗날 그는 프랑스에서 보낸 이 2년이야말로 자신의 인생에서 가장 행복한 나날이었다고 고백한다.

　그러나 11살 때 다시 함부르크로 돌아온 그는 시련에 부딪친다. 아버지의 뜻에 따라 본격적으로 상인 교육 학교에 들어가 4년을 공부했지만 도저히 적응할 수 없었던 것이다. 쇼펜하우어는 어린 시절부터 학자에 뜻을 두었으나, 그의 아버지는 쇼펜하우어를 기품 있고 능력 있는 상인으로 키우고 싶어 했던 나머지 15살이 된 그를 기숙학교에 보냈지만, 학문에 대한 그의 열망은 점점 커져만 갔다.

그렇게 17살 되던 해, 쇼펜하우어에게 커다란 변화가 일어났다. 그해 4월 20일 아버지가 통풍창에서 추락해 사망한 것이다. 당시 이 죽음은 우울증에 시달리던 아버지 스스로 목숨을 끊은 것으로 추정되었고, 쇼펜하우어는 깊은 절망에 빠졌다. 하지만 그 와중에도 새로운 기회가 다가왔다. 아버지의 죽음을 계기로 본래 꿈이었던 학문의 결심을 이루게 된 것이다.

결국 그는 대학 진학 예비학교 김나지움에 입학했으며, 미친 듯이 공부에만 열중해 괴팅겐 대학에 들어갔을 때는 다른 학생들의 실력을 능가할 정도였다.

이후 그의 하루하루는 지식에 대한 열망으로 가득 찼다. 그는 처음에는 의학을 공부했지만 곧 칸트 파 슐체 교수의 강의를 듣게 된 것을 계기로 철학 쪽에 몸을 담게 된다. 하지만 그 무렵 그는 다른 학생들보다 나이가 많은 데다 성격이 괴팍했던 탓에 친구들과 어울리지 못하고 학문에만 전념하였다.

그렇게 몇 년이 흘러 23세가 되었을 때, 그는 이번에는 대학을 베를린 대학으로 옮겨 슐라이어마허, 피히테 등의 강의를 들었다. 또 1813년에는 나폴레옹이 일으킨 전운을 피해 드레스덴에 머물면서 학위 논문 〈충족 이유율의 네 가지 근원에 대하여〉를 완성시킨 다름 예나 대학의 철학과에 제출, 박사 학위를 취득했다.

또 한때 그는 어머니가 있는 바이마르로 돌아가 괴테를 중심으로 한 여러 명의 문학가들과 친밀한 교제를 가졌다. 그리고 때마침 바이마르에 머물던 동양학의 권위자 프리드리히 마이어로부터 인도 철학에 관한 지식을 얻었는데, 이 인도 철학은 평생에 걸쳐 그의 철학의 중심을 이루게 된다.

반면 어머니와의 사이는 좋지 않았다. 그는 아버지가 죽은 지 얼마 되지 않아 자유연애주의자로 변신한 어머니와 심하게 다투었고, 1814년에는 드디어 바이마르를 떠나 다시는 돌아가지 않았다.

여러 이유로 쇼펜하우어의 성격은 점차 어두워져만 갔다. 그는 늘 타인을 의심하고 불길한 망상에 사로잡혔다. 자신이 아끼던 파이프를 둔 서랍에 자물쇠를 채우고, 이발소에서도 결코 독덜미에 면도날을 대지 못하게 하고, 잘 때는 늘 권총을 침대 밑에 놓았다는 일화는 잘 알려져 있다.

하지만 그의 개인적 생활과는 별개로, 철학적 성찰은 가지를 뻗고 꽃을 피웠다. 그는 26세부터 4년 남짓한 세월에 걸쳐 현재 대표작으로 알려진 〈의지와 표상으로서의 세계〉를 집필해 발표했고, 이는 쇼펜하우어에게 커다란 자신감을 선사했다. 그는 이 책이 "금후 다른 무수한 책들을 쓰게 할 요인이 될 것이다"라고 선언했지만, 당대에는 거의 주의를 거의 끌지 못했다. 출판된 지 16년이 지났지만 대부분이 휴지 값으로 팔리고 만 것이다.

하지만 쇼펜하우어는 또 다른 꿈인 대학 강의를 향해 도전했고, 1822년 드디어 베를린 대학에 강사로 초청받았다. 그러나 자신의 철학에 대한 지나친 자신감은 그에게 커다란 정신적 패배를 안겨 주었다.

당시 그는 또 한 사람의 거장 헤겔과의 힘 겨루기에 온힘을 쏟았고, 일부러 자기 강의 시간을 헤겔의 강의 시간에 맞추어 실력을 과시하려 했다. 그러나 그 의도는 오히려 불행을 몰고 왔다. 쇼펜하우어 자신의 말을 빌자면 "정신을 차려 강의실을 돌아보니 자기는 텅 빈 자리들을 향해서 지껄이고" 있을 정도였다. 크게 자존심에 상처를 입은 쇼펜하우어는 마침내 사표를 제출하고 교단을 떠났으며, 분에 못 이겨 헤겔에게 맹렬한 욕설을 퍼부어 세간의 눈총을 샀다.

그리고 1831년 베를린에 콜레라가 발생하자 이를 피하기 위해 프랑크푸르트로 거처를 옮겨 죽을 때까지 이곳에서 살았다. 그러던 1858년, 드디어 쇼펜하우어가 70번째 생일을 맞이했을 때, 어느새 그는 수많은 석학들이 인정하는 철학자가 되어 있었다. 그의 칠순 생일 잔치는 세계 방방곡곡에서 날아온 축사들로 장식되었다. 그러나 그것이 쇼펜하우어에게 제공된 이 세상의 마지막 환대였다.

1860년 9월 21일 아침, 아침상을 받은 쇼펜하우어는 탁자를 향한 채 조용히 생애를 마쳤다. '열반'을 이상의 경지로 삼았던 늙은 철학자는 그렇게 누구의 방해도 없이 죽어갔다. 가족이 없었던 그의 유언장에는 친구와 가정부에게 물려줄 재산 내용과, 1848년 혁명 때 죽 프러시아 병사의 유족과 부상자에게 유산의 일부를 증정

해 달라는 문구가 씌어 있었다.

사실 쇼펜하우어의 생애는 지금 우리가 알고 있듯이 결코 염세주의에만 일관된 생활은 아니었다. 그는 언제나 일류 식당을 찾았고, 몇몇의 여자들과는 사랑에도 빠졌다. 또 자살을 찬미하면서도 콜레라가 두려워서 베를린에서 급히 프랑크푸르트로 도망치듯 떠났으며 술도 자기 잔이 아니면 절대 마시지 않았다.(아이러니하게도 자살을 조금도 찬미하지 않은 숙명적인 철학적 적수였던 헤겔은 베를린에 있다가 콜레라에 걸려 죽는다.) 게다가 터무니없이 싸움을 좋아했고 이상할 만큼 탐욕스러웠다. 또 말년에 명성이 높아졌을 때는 자기에 대해 쓴 기사라면 모두 스크랩해 탐독하고 아주 만족해 했다.

많은 이들이 현재 그가 일생을 고독하게 보낸 원인을, 철학에의 집념보다는 여성에 대한 남다른 혐오에서 찾는다. 또 그의 염세주의가 열반과 해탈에 대한 추종인 동시에 자신의 능력을 알아주지 않는 세상에 대한 멸시였다고 말한다.

실제로 그는 여자에 대한 험담을 아무렇지도 않게 내뱉곤 했는데, 스스로의 저서에서조차 "여자는 그 모양새를 보기만 해도 육체적으로나 정신적으로는 큰일을 하기에 적합하지 못하다는 것을 알 수 있다."처럼 정제되지 않은 혐오감을 드러낸다. 또한 이에 대한 가장 타당한 분석으로는 그가 유년 시절과 청년기에 겪었던 어머니와의 갈등이 지적되고 있다.

실제로 쇼펜하우어의 양친은 사이가 좋지 않았다. 어머니는 성품이 불같은 면이 있는 꿈 많은 이상주의자였고 총명하고 쾌활했다. 때문에 상인 집안에서 철저한 현실주의자로 자라온 아버지와는 자주 충돌할 수밖에 없었다. 혹자들이 쇼펜하우어의 어머니 요한나를 부유한 20살 연상의 상인과 결혼함으로써 낭만주의적인 젊음과 자유를 누리려 한 꾀 많은 여자라고 부른 것도 무리는 아니었다. 요한나는 남편이 죽자 얼마 안 가 바이마르로 거처를 옮기고 자유롭게 연애를 즐겼던 것이다.

또한 쇼펜하우어는 어머니로부터 사랑을 받기는커녕 미움을 받았다. 한때 그녀는 아들에게 보낸 편지에서 "너는 견딜 수 없을 정도로 성가신 녀석이니 함께 지내는 사람이 퍽 어려울 것 같구나"라고 말했다고 한다.

심지어 그가 예나 대학에서 〈충족 이유율의 네 가지 근원에 대하여〉라는 논문으로 박사 학위를 받고 호평을 받았을 때도 그의 어머니는, "이건 약제사에게나 필요한 책이로군." 라고 비웃었다. 이에 쇼펜하우어는 "어머니의 소설이 헛간에서조차 찾아 볼 수 없게 될 때도 내 글은 읽힐 걸요." 하고 응수했으며, 이 말을 듣고 또 어머니는 "그런 책은 앞으로도 수없이 쏟아져 나올 텐데." 라고 대꾸했다.

또한 요한나가 바이마르에서 문인들이 자주 드나드는 살롱을 경영할 때, 어느 날 한 유명한 문인이 쇼펜하우어의 총명함을 보고 "이집에는 두 명의 천재가 살고 있군요.”라고 말했다. 그런데, “한 집에는 두 명의 천재가 있을 수 없다”라는 독일 속담이 있었고, 요한나는 쇼펜하우어를 더욱더 넝담하게 대하기 시작했다. 결국 어머니와 완전히 결별한 쇼펜하우어는 21살의 성년이 되던 해, 어머니를 상대로 소송을 걸어 유산의 3분의 1을 받아냈고, 두 사람은 더 이상 만나지 않게 되었다.

지독한 염세주의자인 동시에, 이기주의자이자 지칠 줄 모르는 욕망에 사로잡혀 있던 쇼펜하우어의 독특한 비관주의는 이때 벌써 그 뿌리를 내리고 있었던 셈이다. 그리고 마음 깊이 차곡차곡 쌓인 분노와 절망은 높은 학식에도 불구하고 잠잠해질 줄을 몰랐다.

그는 가장 먼저 여성에 대한 극도의 혐오감을 공공연히 드러냈다. 그는 일단 여자야말로 인간적인 불행의 근원이라고 생각했다. 여자는 미치광이에 가까운 낭비벽과 교활함, 툭 하면 거짓말을 해대는 습관을 지녔다는 것이다. 게다가 그에 의하면 여자는 어디까지나 하위의 존재로 어린이와 남자 사이의 중간 단계에 속해 있었다.

언젠가 쇼펜하우어는 "성적인 충동으로 이성이 흐려진 남자들만이 키가 작고 어깨가 좁으며 엉덩이가 크고 다리가 짧은 이 여자라는 존재를 아름답다고 말한다. 당연히 여자라는 족속은 속된 존재라고 불러야 한다. 여자들은 음악에 대해서도, 시에 대해서도, 조형 미술에 대해서도 아무런 참된 감정이나 이해력이 없다. 만일 그들이 그런 능력이 있는 것처럼 행동한다면 그것은 남자들의 마음을 끌려는 의도로 꾸민 흉내일 뿐이다."라고 독설을 내뱉었다. 실제로 그는 일생을 독신으로 살았다.

또한 그는 당대의 유명한 철학 교수들에 대해서도 경멸을 숨기지 않았다. 스스로도 베를린 대학의 강단에 서기 위해 노력했음에도 불구하고 말이다. 심지어 그는 모욕할 대상을 선별하는 데 신중을 기하기 위해 법적인 자문까지 동원했는데, 뭐니 뭐니 해도 그의 인신공격의 최우선 대상이 되었던 사람은, 바로 당대의 또 한 사람의 대 철학자 헤겔이었다. 그는 헤겔의 학설이 "정신병자의 수다"며 헤겔 역시 "사기꾼이자 정신이 썩어빠진 추악한 남자"라고 역설했다. 그의 독설은 여기서 그치지 않았다. 그는 피히테에 대해서도 "궤변을 늘어놓는 요술쟁이"라고 비난했다.

마지막으로 그는 "철학의 숨은 황제"이며 더 나아가 "철학적 종교의 창시자"인 자신의 철학을 인정하지 않는 세간의 평가에 괴로워하면서, 대중을 우매하다고 공격했다. 심지어 자신을 따르는 몇몇 추종자들을 "복음자"라고까지 불렀다.

또한 칸트의 이론을 추종했던 그는 "칸트와 나 사이의 중간 단계에서는 단 하나도 가치 있는 문제가 다루어진 적이 없다."며 스스로를 자화자찬했다. 그러나 그가 염세주의와 허무주의적 관념을 여지없이 드러낸 〈

의지와 표상으로서의 세계〉는 출간 이후 전혀 세인의
관심을 끌지 못하였다.

결국 그는 1831년 베를린에 콜레라가 만연하면서,
프랑크푸르트로 달아나 아내도 자식도 친구도 없이 삽
살개 한 마리와 고독한 여생을 보냈다. 그의 서재에 장
식된 것은 칸트의 상반신 초상화와 청동불상 하나뿐이
었다.

행복해질 수 없다면 죽어 버려라

세기의 염세주의자 쇼펜하우어의 철학은, 이 세계를 고뇌와 불행의 테두리로 인식하는 데서 시작한다. 하지만 쇼펜하우어는 이를 단순한 감상으로 전락시켜 버리는 오류를 범하지는 않았다. 그의 철학은 플라톤의 이데아론과 칸트의 인식론 그리고 인도 베다철학을 풍부하게 아우른 것이었고, 여기에 그만의 비극적 인식이 곁들여져 독특한 철학 세계로 발전했다.

특히 그는 칸트에 대해 존경심 이상의 감정을 가졌는데 칸트의 철학은 평생을 걸쳐 쇼펜하우어의 철학에 지대한 영향을 미쳤다.

칸트는 인식론을 통해 인간은 현실을 시간, 공간, 인과율 등을 통해 인식한다고 주장했다. 즉 세상은 실제로 존재하는 것이 아니라, 단지 보고, 듣고, 느끼는 주관적인 인식에 의해 나타나는 그림자 같은 존재일 뿐이라는 것이다. 칸트에 의하면 우리 눈앞에 전개되는 풍경과 사건 등은 모두 그 사회가 공유한 주관에 의해 표현되는 패러다임, 편견, 관습 등의 결과물이다.

그리고 이런 칸트에 대한 존경심으로, 쇼펜하우어는 자신의 저서 〈의지와 표상으로서의 세계〉 제 2판의 서문에 "나의 철학은 칸트에게서 나왔다"고 고백하고, 칸트의 철학을 이해하면 누구든지 커다란 변화 속에서 정신적으로 다시 태어날 것이라고 주장했다. 더 나아가 쇼펜하우어는 칸트의 철학을 모르는 사람은 태어난 그

대로의 유아적인 실재론에 갇혀 다른 일에서는 성공을 하더라도 철학을 할 자격은 없으며, "이런 사람은 아직 미성년에 불과하며, 칸트에 정통한 사람이라야 성년이다"라고까지 극구 칸트를 옹호한다.

한편 칸트는 〈순수이성비판〉을 통해 이 세상에 존재하는 모든 것들에는 나름대로의 이유가 있다고 주장한 바 있다. 인식론적으로 말해 사람은 누구나 편견을 가지고 있다는 것이다. 하지만 쇼펜하우어는 칸트가 언급한 편견 저 너머, 말로 표현할 수 없는 어떤 물자체(Ding an sich)를 의지 속에서 찾아내려 했으며, 그 의지는 반드시 직관과 상상력인 이데아를 거쳐야만 표상이 된다고 보았다.

이렇게 인식론 서두를 거쳐 결과적으로 형이상학으로 전환한 쇼펜하우어는 세계는 단지 주관에 대한 객관이며, 따라서 세계는 나의 표상(Die Welt ist meine Vorstellung)이며 현상이 된다고 보았다. 이 현상은 시

간, 공간, 인과율 등에 의해 기술되는 과학의 대상이지
만, 의지를 통하면 칸트가 인식의 대상일 수 없다고 한
물자체까지 발견할 수 있다는 것이다.

즉 쇼펜하우어는 의지야말로 이 세계의 가장 내적인
본질, 모든 현상의 유일한 핵심이며, 여기서 말하는 맹
목적인 의지(Wille zur Leben), 힘이요, 끊임없는 노력
이라고 생각했다.

쇼펜하우어에 의하면, 우리는 결코 이 의지를 인식
할 수 없다. 하지만 이 의지는 모든 생명체에게 가장 확
실한 사실이며, 우리 자신 속에서 직접 직관할 수 있다.
하지만 불행하게도 이 의지는 언제나 결핍되고 끊임없
이 저지당해 우리의 삶은 늘 고뇌로 가득 차게 된다. 그
리고 이렇게 시작된 고뇌는 죽음에 이르는 순간까지 끊
임없이 되풀이 된다.

여기서 쇼펜하우어는 첫 번째 고뇌는 결핍, 곤궁, 삶
을 유지하기 위한 걱정이며, 설사 이를 극복해도 성욕,

질투, 증오, 탐욕, 병 등이 그 뒤를 잇는다고 생각했다. 즉 인간은 누구나 고통과 권태 사이를 시계추처럼 오가는 존재인 셈이다.

반면 고통은 적극적인 반면, 쾌락은 고통 없는 상태로서 극히 소극적이기에, 또다시 권태로 이행된다. 따라서 인간은 영원히 참된 만족을 누릴 수 없다. 무한한 욕망에 비해 만족은 극히 보잘것 없기 때문이다.

하나의 만족을 일구어내면 또다시 새로운 욕망이 고개를 든다. 게다가 세계 자체가 불만과 고통에 시달리는 의지를 분출하는 장이다 보니, 평화나 안정은 순간적인 환영에 불과하다.

그럼 어떻게 우리는 이 고뇌와 투쟁의 세계에서 벗어날 수 있는가?

쇼펜하우어는 첫째, 예술에 의한 구제를 들었다. 그는 참된 철학과 예술은 플라톤의 이데아를 천재적으로 직관하는 것이라고 정의했다. 이데아는 건축, 조형, 미술, 문학 등의 본질이며, 의지에 시달리지 않는 직관을 승화시킨 결과물이다. 그러나 쇼펜하우어는 이러한 예술을 창조한 지성마저도 자신을 낳은 의지에 제약되어 다시 안개 속으로 끌려 들어간다고 보았다. 그리고 그는 결과적으로 의지 자체의 언어, 이념의 모사가 아닌 의지 자체의 모사로서, 환영 대신 본질을 표현하는 음악이야말로 최고의 예술이라고 주장했다.

두 번째로 그는, 아예 의지를 부정하는 것만이 세상의 고통에서 벗어나는 일이라고 생각했다. 하지만 또한 그는 이것이 단순한 부정이 아닌 도덕과 종교의 경지에서 일어나야 한다는 전제를 달았다. 이 세상 모든 일이 의지의 표현이라는 허망함을 깨달을 때 우리 마음에 동정이 생기고, 그것이 또다시 도덕의 기초가 된다. 그리하여 이것을 깨달은 이는 그로 인해 삶을 이어가려는 의지 자체를 부정하게 된다는 것이 그의 지론이었다.

즉 쇼펜하우어는 의지를 극복하는 수단으로 금욕과

고행을 들었으며, 이로서 의지가 완전한 소멸된 성자가 되어 "신의 품안에서의 자기몰입", "욕구 없는 시공간인 초월한 형상세계" 즉 인도 철학에서 이야기하는 열반이나 해탈의 경지어 도달한다고 생각했다. 생에 대한 맹목적 의지를 완전히 소멸시키고 소위 성자들이 주장하는 무(無)의 길로 접어드는 셈이다.

그리고 그는 비록 행복할 수 없다면 죽어버리는 것이 낫다는 식으로 자살을 예찬했던 반면, 더 나아가 스스로 금욕생활을 이어가며 자신의 철학을 지켜나갔다.

또한 그는 당시에는 생소하던 인도철학을 유럽에 알리기 위해 부단히 노력했으며, 그로써 개인적인 이상의 경지를 구축했다. 이는 당대에 헤겔의 변증법으로 대표되던 낙관론적 철학, 합리적 철학과는 완전히 상반된 이론이었다. 즉 그는 세계를 이해하려는 진지한 노력은 언제나 세계의 합리성과 선을 의식하는 데서 비롯된다고 확언했던 헤겔 철학에 정면으로 부딪친 것이다. 이

로써 그는 모든 존재는 본질적으로 악이며, 존재를 이
해하려는 노력의 결과는 오로지 악일뿐이라는 헤겔과
는 정반대의 결론에 도달했다.

한편 쇼펜하우어는 자기의 철학에 대해 다음과 같이
말한 바 있다.

"철학자가 공적인 입장이나 혹은 사적인 처지에서
완전히 도구로 사용되어 온 지가 꽤 오래되었지만, 나
는 그러한 장해물 없이 30년 이상 내 사상의 길을 걸어
왔다. 그것은 다만 본능적인 충동에서 그 외에는 달리
길이 없었기 때문이다. 한 인간이 확신을 갖고 진실을
생각하고, 숨어 있는 빛을 밝게 드러내게 되는 것은, 언
젠가는 지각 있는 자들이 그것을 알게 되어 행동하고
희열을 느끼면서 마침내 마음의 평안을 얻게 될 것을
믿기 때문이다. 나의 저작은 정직과 공명을 고수하며
쓴 것인 터라, 칸트 이후 유명해진 세 궤변가들의 저작
과는 완전히 다르다. 내 입장은 언제나 사려, 즉 이성에

따르고 정직한 말로 일관되어 있으며 지적 직관이니 절대사유니 하는 식의, 엄밀히 말해 허풍이나 사기와 다름 아닌 잘못된 영감을 주지 않는다. 나는 언제나 그러한 정신으로 탐구를 진행해 왔으며, 한편으로는 거짓과 사악함이 만연한 이 시대, 허풍(피히테와 셸링)이나 사기(헤겔)가 크게 존경받는 것을 보고, 이 세속적인 현대의 갈채를 단념하였다. 현대는 이 20년 동안 저 정신적 괴물 헤겔을 최대의 철학자라고 추앙했고, 그 소음이 전 유럽에 울려 퍼지고 있다. 아마도 현대에는 더 이상 누군가에게 수여할 월계관이 남아 있지 않을 것이다. 또 나는 찬미를 간사하게 배신한 이 시대의 비난은 조금도 두려워하지 않는다."

철학자의 월계관

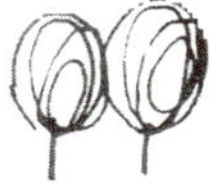

그러나 쇼펜하우어의 철학은 결코 맥없이 막을 내리지 않았다.

헤겔이 베를린에 콜레라에 걸려 죽고 1848년의 시민혁명이 실패로 돌아가면서 낙관론을 지향했던 헤겔 철학도 종언을 고했다. 어수선하고 불안한 역사적 분위기 속에서 염세주의적인 쇼펜하우어의 철학은 다시금 물 위로 떠올랐고, 곧이어 각광을 받기 시작했다.

물론 쇼펜하우어 철학이 애초에 강단에 받아들여진 것은 아니다. 쇼펜하우어의 이론을 맨 처음 주목한 사람들은 중심 지식인 계층이 아니라 여러 직업인들, 개인 연구가들, 그리고 쇼펜하우어의 지인들이었다. 특히 예술 분야에 종사하는 사람들이나 예술가들은 그의 철학을 파격적으로 받아들였는데, 예를 들어 바그너는 초기 쇼펜하우어의 음울한 염세주의를 한껏 받아들인 음악을 발표하기도 했다. 그의 가극 〈니벨룽겐의 반지〉가 대표적으로, 그는 이 악보 한 벌에 헌사를 적어 쇼펜하우어에게 전달하기도 했다. 뿐만 아니라 수많은 학자들과 추종자들이 쇼펜하우어를 찾아오거나 편지를 적어 보냈다.

이처럼 사회적 명성이 뒤따르자 쇼펜하우어의 의기도 높아만 갔다. "수많은 철학 교수들이 똘똘 뭉쳐 오랜 세월에 걸쳐 자신을 음해했지만 결국 자신은 해냈다"고 외치는가 하면, 자신을 보도한 신문이나 자료들은 빠짐없이 찾아 탐독하며 뒤늦은 월계관을 즐겼다.

또 그렇게 사회적 인정을 받고 나자 쇼펜하우어의 성격도 차츰 변해갔다. 예전과는 달리 사람들을 만나기도 하고 공격적인 면도 줄어들었지만, 이처럼 철학자의 명성을 얻게 될 무렵, 그는 이미 죽음의 문 앞에 한층 가까이 다가가 있었다.

결국 1860년 9월 21일, 그는 여느 날과 다름없이 냉수욕을 마친 뒤 식탁에 앉았다. 그리고 영영 잠들었다. 사인은 심장마비였다. 그의 모든 재산은 유언에 따라 몇몇 사람들과 자선단체에 기증되었으며, 오늘날 그의 무덤 앞에 세워진 검은 대리석 묘비에는 아직도 그의 이름이 홀로 외롭게 새겨져 있다.

그리고 천재들에게서 흔히 찾아볼 수 있는 바와 같이 쇼펜하우어도 사후에야 세상에 명성을 떨치게 되었다. 그가 자신의 철학서들을 간행하면서 "인류에게 완성된 책을 물려준다."는 확신을 가졌지만, 동시에 "홀

룽한 모든 저술이 참으로 알려지는 것은 후세의 일이다."라고 단서 붙이기를 잊지 않았듯이, 죽음 뒤에 그의 철학은 다시금 빛을 발했다.

특히 사상이나 문체가 매우 예술적인 그의 철학은 특히 예술가나 예술적인 감각이 예리한 사상가들 사이에서 높이 평가되었는데, 톨스토이는 그를 "전 인류 중에서 가장 독창적 인간"이라고 칭했으며, 바그너 역시 "나는 독일의 정신문화에 쇼펜하우어의 사상과 인식이 법칙으로 간주될 날이 올 것을 기대한다."고 말한 바 있었다.

그리고 19세기 후반 쇼펜하우어를 무덤 속에서 불러낼 또 한 사람의 철학자가 나타났다. 바로 〈권력에의 의지〉를 집필하고 사후 전대미문의 명성을 떨친 독일의 철학자 니체다. 본 대학을 다니고 있을 당시 하숙하고 있던 고서적 창고에서 우연히 〈의지와 표상으로의 세계〉를 접하게 된 것이다. 그는 당시의 한 기고문에서 쇼펜하우어의 책과의 만남을 다음과 같이 표현했다.

"당시 나는 얼마간의 고통스런 경험과 환멸을 보내면서, 아무런 도움도 없는 채로 고독과 허무적인 공간 속에서 떠다니고 있었다. 어떠한 원칙도 희망도 그리고 즐거운 추억도 없는 생활이었다. 이러한 상황 속에서 쇼펜하우어의 저작을 읽는 것이 어느 정도의 영향을 일으킬까?

어느 날 나는 고서적실에서 이 책을 발견해, 정말로 아무 매력도 없는 이 책을 손에 들고 훑어보고 있었다. 어떠한 악마가 속삭였는지도 모르지만 '이 책을 사서 돌아가라' 는 소리가 들렸다.

…… 돌아와 보니 나는 이 책을 보물처럼 손에 든 채 소파 깊숙이 몸을 담근 채 이 격렬한 어두운 천재의 힘에 몸을 맡겼다.

이 책의 한 행(行) 한 행 부터 체념과 부정과 단념의 절규가 들려왔다.

이 책은 나에게 있어서는 세계, 인생, 자기 자신의 심정을 온몸이 떨릴 정도의 장대함으로 보여주는 거울과도 같았다. 이 책은 예술이라고 하는 완벽한, 편견을 전혀 모르는 태양의 황홀함으로 나를 바라보고 있었다.

이 책 안에서 나는 병과 치료를, 추방과 비난의 장을, 지옥과 천국을 발견했다. 그리고 나 스스로를 인지함으로써 가학으로부터 해방당한 욕구가 나를 강렬하게 잡아끌기 시작했다."

결국 니체는 쇼펜하우어의 책을 읽고 커다란 세계관적 충격을 받았고 쇼펜하우어의 철학에서 자신의 철학의 모태를 형성했다. 당시 19세기 후반은 유럽에 풍미하던 이상주의에 환멸을 느끼고 있었고, 반대급부로 쇼펜하우어의 세상에 대한 분노와 경멸이 주목받기 시작했다. 그리고 니체는 쇼펜하우어의 철학의 적극적인 방면, 즉 의지의 긍정을 자신의 철학의 중심으로 삼았다. 니체는 이를테면 초기에, 쇼펜하우어의 철학에서 생의 맹목적 충동 개념을 받아들였고, 당시의 기독교가 바로 이 점을 간과하고 있음을 지적했다. 니체의 철학은 바로 여기서부터 시작하는데, 니체에 의하면 삶은 본질적으로 의지이며, 의지는 힘이다. 또 "힘에의 의지의 가장 구체적인 모습"은 존재의 자기긍정이며, 존재를 자기긍정을 하는 자를 초인이라고 칭했다. 즉 그는 쇼펜하우어의 체념적 의지를 자기 극복의 원동력으로 변환해 인식했으며, 그로써 역대에 길이 남을 '초인'의 개념을 탄생시켰다.

니체는 자신이 주장한 초인의 개념을 〈자라투스트라는 이렇게 말했다〉에서 다음과 같이 설명한다.

낙타는 등 위에 무거운 짐을 싣고 사막을 걸어간다. 그러나 알다시피 낙타의 짐은 자신의 것이 아니라 몰이꾼들의 것이다. 그럼에도 불구하고 낙타는 성실하게 그 무거운 짐을 싣고 사막을 걷는다. 마치 우리 현대인들의 모습과 비슷하다. 자신이 왜 그 짐을 짊어져야 하는지, 왜 사는지도 모른 채 하루하루를 살아간다. 이런 낙타의 모습은 절대자 혹은, 체제의 절대성 앞에서 무거운 짐을 지며 살아가는 인간의 표상이다. 신의 우위와 도덕법칙의 숭고함에 짓눌려 무거운 짐을 스스로 지고 있는, 개성을 말살 당한 인간상을 의미하는 것이다.

최초의 종교, 도덕, 그 밖의 모든 관습은 인간의 자유를 위해 만들어진 것이지 억압을 위해 만들어진 것이 아니다. 그것은 모두가 공존하기 위해 만들어진 것이며, 하나님이 이 세상을 창조하신 것도 인간을 억압하기 위해서가 아니라 자유로운 선택으로 생육하고 번성하는 생명을 영위하도록 하기 위해서였다. 그러나 절대주의와 전체주의로 무장한 도덕과 관습은 지독한 고정관념과 편견으로 지배 체제의 이데올로기가 되어 버렸고, 결국 인간의 자유로운 정신을 매몰시켰다. 낙타는

이런 세상에 굴복하며 살아가는 타율적 인간을 상징한
다.

그리고 니체의 이런 억압된 인간상에 대한 통탄은
쇼펜하우어가 바라본 불행한 세상과 맥을 같이 한다.
다만 니체는 그것을 의지로 극복하고 그로 인해 더 나
은 인간상으로 진입할 수 있다는 간절한 바람을 피력했
을 뿐이다.

니체뿐만 아니라 토마스 만도 쇼펜하우어의 영향을
많이 받은 작가다. 그는 쇼펜하우어의 고뇌를 "그의 천
재적인 필재는 가장 빛나게, 또 가장 냉엄한 완성의 정
점에 도달하였다"고 격찬했다.

물론 다른 모든 철학들처럼 쇼펜하우어의 사상도 찬
반의 논란이 있다. 하지만 그가 파헤친 이 세계의 적나
라한 모습에는 누구나 전율을 금치 못할 것이다. 요컨
대 그는 이른바 속세의 비열하고 부정적인 모습을 속속
들이 드러냈고, 허무주의로 대변되는 철학을 완성시킴

으로써 이 세상의 부조리를 수면 위로 떠오르도록 만들었다. 그리고 그 역시 여느 철학자들과 마찬가지로, 우리에게 복음은 제공하지 못했으나 지혜로운 삶의 방식을 제공했다. 우리가 쇼펜하우어를 반드시 읽어야 한다면 그 이유도 바로 여기에 있다.

생전에 그의 철학은 비록 절망 속에 매몰되어 있었으나, 철학의 죽음과 인간의 몰락을 예언한 쇼펜하우어는 가히 용기 있는 철학자라고 말해도 부족함이 없을 것이다. 그가 전 생애를 통에서 벗어나고자 했던 욕심의 참된 의미, 즉 자살을 예찬하면서도 그 죽음을 벗어나기 위해 몸부림쳤던 그 열렬한 삶의 에너지도 바로 여기에서 시작된다.

상인의 아들로 태어나 부자가 되는 길을 포기하고 고독한 철학자의 길을 걸어간 쇼펜하우어의 선택을 돌이켜 보자. 그의 철학적 투쟁은 현대철학에 지대한 영향을 끼쳤다. 또한 비록 쇼펜하우어 그 자신은 일생을 고독하게 혼자 살았지만, 그의 철학과 삶을 빼놓고는 쉽게 인생론을 이야기할 수 없다는 사실을 알아두어야만 한다.

그리고 쇼펜하우어의 열렬한 추종자였던 대철학자 니체는 이후 쇼펜하우어를 다음 같이 찬양했다.

1860년 9월 21일

이 사람이 가르친 것은 이미 소임을 다했다.

이 사람이 산 것은 언제까지나 남으리라.

이 사람을 잘 보라.

이 사람은 아무에게도 종속되지 않는다.

꿈꾸는 염세주의자

　한번은 깊은 사색에 잠긴 채 길을 걷던 쇼펜하우어가 앞에서 오는 사람과 부딪쳤다. 그러자 그 사람은 화를 버럭 내면서 "당신은 도대체 누구길래 앞도 보지 않고 다니는 거요?"라고 말했다. 그러자 쇼펜하우어는 멋쩍은 듯 웃으며 이렇게 대답했다.

　"내가 누구냐고요? 글쎄올시다. 나도 방금 그것을 생각하고 있던 중이었소."

현대를 가리켜 '위기의 시대'라고 한다. 대다수가 자아를 잃어버리고 자기 소외의 틈바구니 속에서 점점 비인간화되어 가고 있는 것이다. 자신이 어떤 인생을 살고 있는지, 어떤 존재인지도 모른 채 살아간다니 얼마나 슬픈 일인가.

즉 쇼펜하우어는 당대의 부정적인 현실은 물론 지금 21세기에 급박하게 닥친 비극적 현실을 이미 19세기에 예견했던 셈이다.

한때 쇼펜하우어는 "물론 염세주의는 우리에게 위험하다. 하지만 낙천주의는 우리를 달래어 거짓된 안정으로 이끈다. 따라서 낙천주의는 염세주의보다 비도덕적이다."라고 말한 바 있다. 실제로 우리의 삶은 언뜻 보기에는 구경거리와 유희로 가득 찬 것처럼 보이지만 내면을 알면 헛웃음만 나온다. 우리의 모든 일상은 엄밀히 말해 반복하는 시계추다. 그리고 이런 상황에서 진정한 나를 찾아 헤매는 현대인의 초상은 더욱더 쓸쓸

하게 다가온다. 우리야말로 스스로의 정체조차 인식하지 못하는, 그래서 온 세상이 허상으로 보이는 진정한 염세주의자들인지도 모른다.

그리고 지금 우리가 쇼펜하우어에 주목하는 것은, 끊임없이 죽음을 언급하면서도 이 불행한 세상을 극복하기 위해 끊임없이 의지를 불태웠던 그의 삶, 더 나아가 이 세계의 본질을 비극적으로 규명한 동시에 그 비극을 벗어나기 위해 삶을 객관적으로 인식해야 한다고 했던 그의 경고가 더없이 귀한 시기이기 때문이다.

쇼펜하우어는 "생은 맹목적 충동이다"라고 자신의 철학을 요약했다. 그의 이러한 태도는 사회에 대한 염세주의적 태도를 낳았지만, 한편으로는 세상에 대한 변혁으로서 수많은 젊은이들의 가슴에 불길을 일으켰다.

맹목적 충동이란 이성의 힘을 강조하던 당시의 기독교 사회에서는 죄악과도 같았지만, 쇼펜하우어는 맹목적 충동 자체를 우리 삶의 본질로 해석하는 용기를 보였다. 그는 바로 이 충동, 그 불같은 번뇌 속에서 삶이 시작된다고 주장했다.

쇼펜하우어에 의하면, 사랑, 미움, 질투, 기타 등등의 모든 감정 안에는 이성보다 앞선 어떤 원초적인 것이 있다. 또 이 맹목적 충동은 선과 악이라는 이분법적인 도덕적, 윤리적 판단으로 정의내릴 수 없다. 왜냐하면 이 맹목적 충동이야말로 삶의 시작이요, 원동력이기 때문이다.

쇼펜하우어는 행복할 수 없다면 자살하라고 외쳤지만, 그 외침 속에는 끈질긴 삶의 의지가 엿보인다. 그는 이 견디기 힘든 욕망과 자아의 상실 앞에서는 해탈과 자기극복을 통해서만이 진정 자유로워질 수 있다고 생각했다. 스스로의 자아를 인식하고 욕망의 본질을 알고, 이를 통해 그 욕망의 사슬에서 벗어나라는 뜻이다. 만일 그가 진정으로 삶에 아무 애정이 없었더라면 그의 철학 또한 이 같은 통로를 갈구하지 않았을 것이다.

실제로 쇼펜하우어는 자신의 철학에서는 염세주의를 주장했지만, 누구보다도 깊은 고뇌와 싸워나가며 투쟁적인 삶을 살았다. 어린 시절 부모님의 불화, 어머니와의 냉담한 관계, 늘 한곳에 정착하지 못하고 떠돌아야 했던 청년 시절, 세인들의 비난과 질시, 정신병적인 불안 증세 등, 수많은 장해 앞에서도 결코 굴하지 않았으며 보란 듯이 건강하게 72살까지 살았다.

게다가 그는 철학자로서도 한 인간으로서도, 스스로를 극복한 살아있는 표본이었다. 많은 이들이 쇼펜하우어의 이름에서 음울한 허무를 떠올리지만, 그는 일면에서는 늘 희망과 사랑을 추구했던 꿈꾸는 철학자이기도 했다. 특히 그의 대표적인 저작 중에 하나인 〈희망에 대하여〉를 보면 그러한 일면을 뚜렷이 찾아볼 수 있는데, 여기서 그는 한 사람의 시인이 되어 우리 삶의 아름다운 일면과 자아 발견을 독려하는 수많은 잠언들을 아름답게 풀어놓는다.

특히 그는, 희망이란 결국 자기 자신을 믿는 것에서
시작한다고 말했다.

희망이란 나를 신뢰하는 것이다.
행운은 거울 속의 나를 바라볼 수 있을 만큼
용기가 있는 사람을 따른다.
자신감을 잃어버리지 마라.
자신을 존중할 줄 아는 사람만이
다른 사람도 존중할 수 있다.

지금 우리는 어쩌면 스스로를 불신하는 신종 병에
걸려있는지도 모른다. 주어진 대로 살아가는 데 익숙해
진 현대인들에게 자기를 신뢰한다는 것은 애초부터 불
가능할지 모른다. 수많은 좌절을 겪으면서 이런 불신의
뿌리는 더욱 깊어가고, 그것이 결국은 체념으로 이어지
는 것이다. 저축, 공부, 여행처럼 많은 일들을 계획해

놓고도 정작 그것을 실천으로 옮기는 데는 한없이 힘들어하는 것, 스스로의 가치를 의심하고 과연 내가 저것을 할 수 있을까, 고민하는 데 더 많은 시간을 흘려버리는 것도 바로 이러한 자기 불신의 결과가 아닌가.

흔히 사람은 하나의 우주라고 일컬어진다. 큰 우주를 통틀어 우리 자신의 존재가 아무리 미미할지언정, 내가 존재하지 않는 세상은 아무리 큰 우주도 아무것도 없는 세상과 같다. 그리고 쇼펜하우어는 괴팍하고 고집불통이라고 무수한 비난을 받았지만 그럼에도 세간과 자신 사이에 명확한 경계와 선을 두고 스스로의 세계를 지켜나갔다. 그가 위에서처럼 우리에게, 스스로를 신뢰하라고 독려할 수 있는 것도 그 또한 21세기의 우리와 다를 바 없는 고독한 세상을 홀로 헤쳐 나갔고, 결국 성공했기 때문이 아닐까.

또한 쇼펜하우어는 우리가 삶 속에서 겪는 좌절과 불행이 결코 아무 소득 없는 일만은 아니라고 생각했다.

쇼펜하우어의 인생 전반을 보면, 우리는 그의 이 말이 얼마나 깊은 진심에서 우러나왔는지 알 수 있다. 흔히 고난과 좌절은 더 큰 사람을 키워낸다는 말이 있다. 쇼펜하우어 식의 세상으로 바라보자면 온통 고난과 불행만이 가득한 이 세계에서, 오히려 그 많은 고난들이 우리를 결과적으로 더 나은 인간으로 나아가게 만드는 셈이다.

우리는 하루에도 몇 번씩 행복과 불행 사이를 오간다. 그러다가 대다수는 인생에서 몇 번씩 잘 뻗어나가던 가지가 툭 하고 꺾일 정도로 큰 시련을 만난다. 가까운 사람의 죽음, 경제적인 몰락, 원하지 않았던 결별, 잃어버린 사랑처럼 어떤 좌절들은 너무 골 깊어서 다시 헤어 나올 수 없을 것처럼 느껴진다.

반면 우리는 이처럼 크고 작은 좌절들을 겪으면서 하나의 원칙을 깨닫게 된다. 결국 우리는 그 좌절 속에서 더 크게 성장했으며, 아무리 지독한 불행도, 의지를 불태우는 가운데 시간이 흐르면 어느 정도 해결되고 잠잠해진다는 것 말이다.

쇼펜하우어는 예나 지금이나, 인간은 필연적으로 고난 속에서 살아갈 수밖에 없음을 인식했다. 그래서 그는 어두운 세상을 우리 눈앞에 펼쳐 보였고, 또 그 어둠을 깨달음으로 해서 더 나은 삶을 살아가도록 했다. 쇼펜하우어가 말했던, "좌절에서 얻게 되는 통찰과 지혜" 어쩌면 그것이야말로 불행조차도 점점 추상화되고 일상화되는 이 현대에 가장 필요한 미덕일 것이다.

그런가 하면 쇼펜하우어는 죽음과 더불어 행복한 생애를 고민했던 모순론자이기도 했다. 그러나 삶과 죽음은 늘 맞닿아있다는 절대불변의 진리를 기억한다면 쇼펜하우어의 언뜻 일관성 없어 보이는 잠언들에도 넉넉해질 수 있다. 다른 철학자들과 마찬가지로 쇼펜하우어가 철학자가 된 것도 인간을 불행하게 만들기 위해서가 아니라 행복하게 만들기 위해서였으리라.

또한 나날이 파편화되고 소외되는 현대 사회에서 쇼펜하우어의 철학이 주목을 받는 것은, 우리의 생과 자아에 대한 열망이 커질 만큼 커졌다는 의미이기도 하다. 위선과 근거 없는 낙관으로 가득 찬 이론들 속에서 쇼펜하우어의 무서울 정도로 솔직한 독설이 오히려 단비처럼 느껴질 때가 있기 때문이다.

쇼펜하우어는 위의 잠언에서 인생은 기본적으로 만족과 욕망이 충돌하고 반복해 나타나는 과정임을 솔직하게 고백한다. 인생은 온통 행복으로 가득 차 있으리라는 무수한 약속들과 선언들에 지친 우리에게는, 오히려 이러한 고백적 인식이 더 가슴 깊이 와 닿는 것이다. 더불어 이런 고단한 인생살이에서도 행복한 생애를 이룰 수 있는 길, 즉 욕망과 만족의 적절한 분배를 통해 거듭날 수 있는 새로운 인생길이 있다니 그 얼마나 행운이란 말인가.

그렇다. 작은 것에도 기쁨을 느끼던 과거 세대들이 '만족의 세대' 들이었다면, 21세기의 우리는 '욕망의 세대' 다. 무언가를 이루고 얻고 내 것으로 하지 않으면 늘 불안해진다. 쉽사리 우리가 말하는 밥그릇 싸움, 결국 인간적 행복을 내다 팔아서라도 얻고 싶어 하는 사회적, 개인적 욕망들이 '현대'라는 냄비 안에서 부글부글 끓고 있는 꼴이다. 그러나 너무 가득 찬 냄비는 흘러넘치게 마련이다.

그리고 쇼펜하우어가 주장했던 해탈의 의미는 이처럼 흘러넘치는 냄비 없이도 불행해지지 않을 수 있는 최대의 만족과도 연결된다. 즉 우리는 결코 욕망 없이는 살 수 없지만, 그 욕망의 최종 목표는 바로 만족이며, 그런 면에서 만족은 욕망보다 우선순위의 것이라는 점을 잊지 말자.

같은 의미에서 아래의 잠언은 시사하는 바가 크다.

능력에 과분하다고 여기는 것들을 모두 처분하면
훨씬 만족스럽고 자유롭게 살 수 있다.
그리고 결국에는 그것이 우리를 행복하게 한다.
우리들의 불행은 대부분 남을 의식하는 데서 온다.

요즘 같은 시대에 타인을 의식하지 않고 사는 것은 거의 불가능하다. 우리는 사회적 동물로서 언제나 타인과 관계를 맺고 살아가기 때문이다. 게다가 현대에 들어와서 우리는 사회의 유기체로서 생존과 관련된 모든 것을 집단 속에서 해결한다.

물론 본질적으로 집단은 공존과 서로를 독려하기 위해 생겨난 것이다. 그런데 요즘은 이 같은 관계들이 오히려 문제를 더 많이 만든다. 집단이 하나의 제약, 또는 기이한 불문율로 작용함으로써 개인을 억압하기 때문이다. 더 무서운 것은 그 억압은 눈에는 잘 보이지 않으며 스스로 인식하기도 쉽지 않다는 점이다.

예를 들어 우리는 단순히 우리 자신을 위해 비싼 옷이나 고급스러운 차와 멋진 집을 사지 않는다. 아니라고 부정할 수도 있겠지만 조금만 숙고해 보면, 스스로도 눈치 채지 못하는 사이 자신이 타인의 시선에 얽매여 있었음을 깨닫게 된다.

문제는 여기서 시작된다. 타인의 시선이 나의 본질적인 욕망을 넘어 그것을 침범할 때, 우리는 그에 좌지우지 당하는 노예로 전락한다. 자신의 분수에 맞지 않는 많은 것들을 맹목적으로 바라게 되는 것이다. 쇼펜하우어가 말한 인생의 불행의 대다수가 바로 여기서 발생한다.

우리가 무겁게 지고 있는 명예와 금전의 짐, 이 중에 오직 나의 행복을 위한 것이라고 단언할 수 있는 것이 과연 몇 가지나 될까? 혹시 내게는 버거운 짐까지도 타인에게 존경받기 위해, 인정받기 위해 애써 등 위에 지고 있는 것은 아닐까?

가끔씩 자신이 지고 있는 짐을 객관적으로 점검해보자. 분명 거기에는 모양만 화려하고 아무 쓸모없는 것들도 포함되어 있을 것이다. 또한 진정한 행복이 무엇인지를 아는 사람이라면 그런 것들을 버릴 때도 과감할 수 있어야 한다. 그리고 그렇게 짐 하나를 내려놓았을 때 스스로가 얼마나 자유로워졌는가를 확인하고, 그 것에 감사하자.

현재를 받아들여야 한다.
결코 과거에 대한 후회나 미래에 대한 걱정으로
현재를 우울하게 만들 필요는 없다.
걱정이나 후회의 시간은 짧을수록 좋다.

우리가 과거에 얽매이는 것은 미래에 대한 불안 때문이다. 과거에 대한 후회와 미래에 대한 불안이 너무 커져버리면, 현재가 차지해야 할 자리는 점점 줄어든다. 많은 성현들이 바로 이 수세기에 걸쳐 진행되어온 인간적 문제에 대해 고민했고, 한결같이 "현재에 집중하라."는 격언을 남겼다.

사실 우리가 과거와 미래에 빠져드는 것은 현재를 직시하는 것에 게으르기 때문이다. 소소한 일상부터 오늘 하루의 중요한 일과까지, 아침에 눈을 뜨는 순간 우리는 이미 '오늘' 이라는 장소에 몸을 담는다. 또 이 '오늘' 을 얼마나 충실하게 꾸려나가는가에 따라 과거와 미래도 완전히 달라진다.

즉 과거와 미래를 만드는 것이 바로 이 '오늘' 이라는 것을 기억해야 한다. 아무리 '오늘' 하루가 고난의 하루일지라도 이를 피하기 위해 과거나 미래의 불안과 후회 속으로 도피해서는 안 된다.

누구나 가끔씩 멍하니 지난 일과 미래를 생각한다. 물론 그런 숙고의 시간은 반드시 필요하다. 하지만 그렇게 후회와 걱정만 하다가 온 하루가 다 지나가 버린 경험이 분명히 있을 것이다. 그로 인해 그날의 '오늘' 은 흔적도 없이 사라져 버린 것이다. 하지만 걱정을 많이 하고 계획을 많이 짠다고 해서, 그것이 성공하는 삶을 만들어 주지는 않는다. '오늘' 이라는 시간과 '오늘' 에 쏟아 부은 노력 없이는, 그것들이 우리 삶을 더 낫게 바꿀 수 없다는 뜻이다.

쇼펜하우어는 어차피 이 세상은, 욕망과 고뇌의 연속일 수밖에 없다고 강조했다. 그렇다. 수없이 닥쳐오는 불행과 슬픔 역시 자연스러운 우리 인생의 과정임을 받아들일 때, 그렇게 우리가 놓인 현재에서 도망치지 않을 때, 불안이나 걱정도 한결 줄게 될 것이다.

세상에서 사랑만큼 달콤한 것은 없다.
사랑 다음으로 달콤한 것은 증오다.
하지만 증오는 언젠가 사라지는 반면,
사랑은 영원하다.

평생을 독신으로 살았던 쇼펜하우어에게 사랑은 과연 어떤 의미였을까?

분명한 것은 그 역시 사랑을 꿈꾸었고 일생에 몇 번인가 사랑에 빠졌다는 사실이다. 또한 그는 많은 이들을 증오했고, 그 증오에 사로잡혀 차라리 고독한 삶을 택했다.

이는 우리도 다르지 않다. 우리는 매일같이 사랑과 증오라는 상반된 감정을 동시에 품고 살아간다. 그 사랑과 증오가 제각기 다른 대상에 투영될 수도 있고, 때로는 한 사람에게 동시에 향하기도 한다. 그러다가 우리는 이 양자의 저울 안에서 몸부림치고 괴로워한다.

하지만 수세기 동안 수많은 역사적 사건들이 증명했듯이, 사랑은 증오보다 강력한 감정이다. 증오는 많은 것들을 파괴했지만 사랑은 그보다 많은 것을 재생시켰다. 그리고 쇼펜하우어는 저 잠언 속에서, 비단 남녀 간의 사랑뿐만 아닌 지금껏 인류를 존속하게 한 보다 큰 의미의 사랑을 역설하고 있는 것이리라.

결말이 실패로 끝날 거라고 예상되는 상황에서도
한 가닥 희망의 빛이 보인다면 절망하지 마라.

무거운 먹구름이 하늘을 뒤덮고 있더라도
구석에서 작지만 밝은 빛이 세상을 비추고 있다면
결코 희망을 버리지 마라.
아무리 작은 빛도 세상을 환하게 비출 수 있으며
우리의 앞길을 열어줄 수 있다.

결론적으로 쇼펜하우어는 염세주의자였다. 그러나 그는 한편으로는 꿈꾸는 염세주의자였다. 그는 수많은 인생의 굴곡 속에서 삶의 지혜를 갈구했으며, 이를 세상에 전하기 위해 노력한 사람이었다. 자살을 찬미하던 그의 입에서 동시에 이 같은 희망의 노래가 터져 나왔다는 것은 어떻게 보면 아이러니일 수도 있다. 하지만 그 아이러니조차 자연스럽게 받아들이게 되는 것은, 그가 다름 아닌 쇼펜하우어였기 때문이 아닐까.

쇼펜하우어가 돌아온다

21세기에 들어 쇼펜하우어의 철학은 남다른 의미로 주목 받고 있다. 많은 철학자들이 완전한 세상을 꿈꾸고 역설했다면, 쇼펜하우어는 그러한 이상성을 부정하는 것에서부터 자신의 철학을 시작했다.

하루에도 몇 번씩 비극적인 뉴스를 보고 듣고, 세계 곳곳에서 전쟁이 터져 수많은 사람들이 죽어가고, 더 나아가 행복이라는 게 과연 존재하긴 하는지, 있다면 어떤 것이었는지 기억조차 할 수 없는 이 현대의 한 시절 속에, 쇼펜하우어의 이름은 오히려 절망이 아닌 희망으로 인식된다.

우리는 지금껏 더 많은 욕망이 더 큰 행복을 거머쥘 수 있을 것이라고 믿어왔다. 또 개개인뿐만 아니라 사회 전체가 이를 조장하고 있다. 우리는 더 많이 행복해질 수 있을 것이라는 일종의 환상 앞에서 자아를 잃은 채 움직이는 꼭두각시와 같다. 하지만 그것은 어디까지나 실재가 아닌 외부로부터 주입된 관념에 불과하다. 우리가 욕망했던 그 모든 것이 사실은 우리 인간성의 극히 자연스러운 일부이며, 결국 그 욕망은 아무리 채워도 채워질 수 없다니 얼마나 비극적인가.

하지만 우리는 쇼펜하우어를 통해, 그가 끊임없이 경멸하고 부정했던 이 세계의 어두운 진실과 정면으로 마주함으로써 오히려 삶을 불태울 수 있는 힘을 얻게 된다.

쇼펜하우어가 말했던 희망은 바로 그처럼 현실을 피하지 않는 것에서 시작한다. 하루하루가 지옥 같고 어둡게만 느껴질 때, 우리는 대다수 그것을 인정하고 맞서기 보다는 다른 영역으로 도피하고 싶어 한다. 그런 이들에게 현재는 불행한 것일 뿐이다. 그래서 그들은 지나가 버린 과거나 오지 않은 먼 미래, 또는 스스로 행복이라 여기는 허상 속으로 빠져든다.

죽음과 삶을 동시에 외쳤던 쇼펜하우어는 바로 세상이란 이 두 가지가 공존하는 곳임을 겸허하게 받아들인 사람이었다. 그는 죽음을 통해 삶을 보았고, 또 삶 속에 존재하는 죽음을 읽었다. 그에게 삶과 죽음은 떨어질 수 없는 불가분의 관계였으며, 죽음으로 대변되는 공허도 열정적인 삶이 없이는 존재하지 않는다고 생각했다.

철학이라는 것은 시대를 관통해 흐르며, 매 시대마다 다르게 해석된다. 특히 쇼펜하우어가 근래 많은 이들을 사로잡고 있는 것도 바로 이 시대의 요구가 그에까지 이르렀기 때문이다.

감히 단언컨대 쇼펜하우어를 읽고 자살을 꿈꾸는 이
는 더 이상 존재하지 않는다.

그의 철학은 몇 세대를 흘러왔고, 그가 말했던 죽음
이 결국은 삶의 의지였음을 누구나 알고 있으리라.

제2부

철학

존재

희망은 마치 독수리의 눈빛과도 같다.

산다는 것은 어쩌면 괴로운 일이다.

우리의 의지는 삶 속에서 수없는 장애물을 만나고 충돌을 일으킨다. 아무리 굳은 의지를 가졌다 해도 이 보이지 않는 훼방 앞에서는 속수무책이다. 늘 평탄하게 흘러가지 못하고 허덕거리다가 좌절과 고통과 번민 속으로 끌려 들어간다.

평소 주변이 순탄하고 몸이 건강할 때는 이런 어려

움도 인식하지 못한다. 그러나 건강을 잃고 상황이 어려워지면, 이런 삶의 어두운 뒷면을 금방 알아차리게 된다. 우리가 소유하고 있는 생명의 의지라는 건 이처럼 재빠르다. 자신이 점차 소멸되고 있다는 것을 느낀 우리 육체와 정신은 이제 강력하게 그에 대응한다. 다시 말해 평안과 행복보다는 괴로움과 고통이 우리 삶에서 더욱 적극적인 역할을 수행하고 있다는 뜻이다.

그렇다면 삶이란 어떤 형태여야 할까.

우리에게 해롭고 악한 것들은 대부분 실감나게 다가온다. 다가와서는 나를 매몰차게 쓰러뜨린다. 그러나 행복은 잠시 다가왔다가, 우리가 그것을 제대로 느껴보기도 전에 슬며시 사라진다. 그게 행복이었는지 깨닫지도 못했는데 벌써 달아나버린 것이다. 괴로움은 한겨울의 살을 에는 추위지만, 행복은 눈치도 채지 못한 찰나 사라지는 바람 같다. 굳이 버들강아지 이파리나 시냇가의 살얼음 밑으로 줄줄줄 흐르는 물소리를 듣고서야 그

봄을 깨닫는 것처럼 말이다.

이 세상 모든 것들은 우연히 존재하는 것들이다. 그러나 우리는 이것들을 분명하게 인식한다. 그리하여 모든 존재들은 우리 삶을 가로막는 위험한 존재인 동시에 우리는 이 가로막는 존재들 없이는 우리 삶을 제대로 의식하지 못한 채 처연하게 죽어갈 수밖에 없다.

우리가 만나는 대상들은 저마다 우리에게 저항한다. 결코 우리 뜻대로 순순히 따라오지 않는다. 그 저항 때문에 우리 인생 곳곳에서는 싸움이 벌어지기도 하지만, 이야말로 우리가 살아가는 참 모습이다.

결국 평화란 짧은 휴식에 불과한 것이다. 우리는 늘 신천지를 찾아 나서지만, 그곳에서조차 가난, 병마, 광기, 권태 등을 발견하게 되고 그로 인해 괴로워한다. 이럴 때 그 고통과 불행을 이기려면 나보다 비참한 이들을 묵묵히 바라보는 것밖에 없다. 또 이런 것들이 어느 정도 위안이 돼주기도 하겠지만, 한편으로 우리는 운명이라는 존재가 우리에게 던지려는 더 큰 재앙은 전혀 알아차리지 못한 채 그 위안에 안주한다. 애처롭게도 인간의 삶은 이 같은 나날의 연속이다.

　짐승은 상대방을 잡아먹어야 자기가 산다. 이때 잡아먹히는 짐승들의 슬픔을 생각해 보라. 인간은 이 지구라는 별에 살기 위해 두 발로 서야 한다. 그러나 그 두 발로 힘겹게 존재해야 하는 인간으로서의 존엄도 시간이 지나면 점차 감소한다. 존재의 의미는 사라지고, 육체는 숨 돌릴 틈 없이 쇠락할 것이다. 반면 우리는 이러한 절망을 똑바로 인식할 더 큰 존재의 이유를 획득하게 된다.

시간

가난이 인간에게 가해지는 무서운 채찍인 것처럼,

권태 또한 우리의 삶에 가해지는 또 하나의 형벌이다.

삶이란 죽을 때까지 괴로운 존재에게
주어진 찰나의 시간에 불과하다.

그래서 괴로움으로 가득한 인생길을 걷다 보면, 오히려 삶이 실제로 존재한다는 것을 순간순간 깨닫게 된다. 모든 행복은 망상에 불과하며 시간이 가하는 박자에 숨 돌릴 여유조차 없다. 또한 시간은 권태라는 병에 걸린 사람들에게는 더 큰 고통을 안겨 준다. 진정한 삶을 살아가려면 다소의 걱정과 고뇌, 불행 역시 필요하기 때문이다. 항구에 떠 있는 배가 안전하게 물 위를 항해하려면 처음부터 얼마간은 스스로 무거워야 하는 것과 마찬가지다.

만일 바라던 모든 희망이 마음먹은 대로 매번 이뤄진다면 우리 인생이란 얼마나 쉽고 한심할 것인가. 머릿속에서 상상만 하던 것을 그림 그리듯 쉽게 움켜쥘 수 있으니 얼마나 허망하겠는가. 아마도 자살하는 사람들은 늘어나고 모두들 지금보다 더 쉽게 고통에 무릎 꿇게 될 것이다.

인간은 누구나 오래 살기를 간절히 바란다. 입으로는 죽고 싶다고 하지만 사실은 그렇지 않다. 다만 자기가 겪고 있는 고통이 그만큼 크다는 것을 말하고 싶을 뿐이다. 대부분의 생명들은 스스로 소멸할 때까지 최선을 다한다. 그리하여 인간은 나이를 먹으면서 청춘을 희생하고, 세상살이에 실망한다. 인생이 하나의 커다란 블랙홀, 아니 더 나아가 속임수라는 것을 분명하게 깨닫게 되면서 더욱 서러워지는 것이다.

이 광활한 우주, 우리가 살고 있는 이곳은 오직 불행과 비극으로 충만하다. 또 이곳은 비참한 사람으로 가득 차 있어 더 실망스럽다. 인생이라는 게 결국은 할당된 노동에 불과하며, 섹스의 기쁨도 생리적인 필요와 쾌락이 아닌, 살아가는 한 방편이라는 생각이 들면 얼마나 비참하겠는가.

생각해 보라.

이 세상에는 충만한 것이라고는 없다. 또 이 세상은 온갖 고통스러운 삶으로 치장돼 있어, 우리는 늘 관용과 인내, 박애를 애타게 찾아다닌다. 모든 행복은 시간의 망상에 불과해, 우리는 점점 더 두려움을 느끼게 되고 쾌락보다는 고통 없는 죽음을 꿈꾸게 된다. 이른 밤 이유 없이 깨던 잠, 이제는 더 이상 잠을 설치지 않아도 된다. 끊임없는 영면, 죽음이 찾아오는 것이다. 시간은

속일 수 없다. 상상력은 흐려지고 무엇도 유혹할 수 없
도록 육체는 노쇠했다. 시간이 가졌던 본래 의미는 사
라지고 연인과 더불어 사랑했던 이 세상도 그 빛을 잃
어간다. 모든 꿈들이 시간 속을 유영하다가, 결국은 쏜
살같이 과거를 통과해 버린 것이다.

무엇을 해야 할 것인가

눈물 흐르는 소리, 고통의 신음소리가

들리지 않는 철학은 철학이 아니다.

한 앞길 창창한 젊은이가 지금 막
꿈에서 깨어난다.

그리고 졸린 눈을 비비며 자신의 과거와 현재, 미래
를 두리번거려 봤지만 순수 이성으로는 어떤 결론에도
도달할 수 없다는 사실을 곧 깨닫는다.

우리 모두의 역사는 반드시 패배로 끝난다. 한 사람
의 생애는 재앙과 실패의 연속에 지나지 않으며, 친구

들에게조차 상처를 숨기고 조심스레 말을 건네 보지만
동정은커녕 그들은 내 상처를 위안거리로 삼을 뿐이다.

이런 상황에서, 빛나는 마음과 현명함을 잃지 않은
사람이라면 더 이상 인생이라는 이 한편의 연극을 재상
연하고 싶지 않을 것이다. 결코 다시 인생이라는 숲길
을 걸어가고자 하지 않을 것이며, 그로 인해 허무를 사
랑하게 될 것이다.

우리 무상한 삶 속에 영원한 것이란 애초부터 존재
하지 않는다. 아무리 변하지 않을 것처럼 놓여 있던 것
들도 시간의 흐름 속에서는 변하거나 소멸해 버린다.
작은 물체에 깃들어 있던 생명, 위대하거나 용감하거나
했던 모든 행위들도 결국에는 응땅 폐허가 된다.

진정으로 영원한 것은 없다. 세상 자체가 무아를 의
미하기 때문이다.

과거의 나와 그리고 미래의 나 사이에는 진지하게
마주 설 그 무엇도 존재하지 않는다. 우리는 노을처럼

물드는 이 세상에서 홀로 존재할 따름이다. 그로 인해 현재의 나는, 영원히 존재할 수 없는 이 지구라는 별에서 평생 변하지 않는 가치를 찾아 슬프게 헤매고 있다. 우주를 떠돌다 머물 곳을 찾아 어느 날 갑자기 우리의 눈앞에서 영원히 사라져 버리는 혜성처럼 말이다. 그러나 설사 머물 곳을 찾았다 한들 무얼 또 어쩌겠는가.

인생이 우리에게 준 것은 무엇인가. 인생의 손짓에 이끌려 미지의 낙원에 들어섰다 한들 그건 그저 환상일 뿐이다. 행복은 언제나 과거와 미래 속에 깃들어 있을 뿐이며, 막상 살고 있는 현재는 돌 아래 속삭이는 햇살처럼 그립고 아쉬울 뿐, 잠시 들떠 착시 현상만 불러일으킬 뿐, 결국은 아무것도 아니다. 인간이란 존재는 애초부터 현재에만 존재하는 피조물이기 때문이다.

어제는 오늘에서 판단하면 소멸을 의미한다. 과거 속으로 사라지는 어두운 암흑이다. 그러나 과거의 괴로움이나 슬픔은 현재와는 별개이므로 전혀 문제될 것이 없다.

우리는 유예된 죽음을 향해 천천히 걸어가고 있으며, 그리하여 세상은 죽음의 그림자로 가득 차 있다. 삶이란 언제나 죽음이란 존재가 당도하기 전에 부르는 장송곡과 같다. 따라서 죽음의 그날이 찾아오면 상황은 일체 종료된다. 하루살이 같은 목숨, 그에 의지한 인생이란 얼마나 무상한가.

의지

우리들의 불행은 대부분 남을 의식하는 데서 온다.

인간은 번뇌와 권태 사이를 오락가락하며
때로는 즐거움을 느낀다.

달리 말하면 시달리면서도 희희낙락할 수 있다는 뜻이다. 괘씸하지만 인간이란 본래 유일하게 자기 행복만을 추구한다. 그리고 그런 본능 때문에 때로 위험에 빠지지만 결코 그것을 피하려 들지는 않는다. 이처럼 인간은 수많은 시련을 겪으면서 절망 속에서 살아가는데,

그것은 문명의 혜택을 받고 있는 부류나 그렇지 않은 부류나 다를 바가 없다.

우리는 고통스러운 부분이 있을 때는 대개 그것을 절실히 느끼지만, 고통이 없을 때는 '아, 내가 고통 없이 잘 살고 있구나' 하는 것을 느끼지 못한다. 바라던 것을 손에 넣으면 그 매력도 갑자기 반감되거나 사라져버리는 것처럼, 행복할 때는 그 행복을 제대로 못 느끼다가 불행이 찾아오면 그때서야 아이쿠 하며 돌연히 행복을 상기하게 되는 것이다.

인간은 존귀한 느낌을 가질수록 그것이 행복이라는 것을 잘 감지한다. 그리고 이는 인간은 얼마나 빈약한 의지를 지닌 나약한 존재인가를 여실히 알려주는 반증이다.

인간은 인생이라는 태엽에 감겨 세상을 돌아다닌다. 그러다가 절망이나 죽음이 찾아오면 그 긴 여정도 멈추고 만다. 이처럼 우리의 맹목적인 삶은 이런저런 고통과 절망, 비통한 죽음을 몰고 다닌다. 따뜻한 숨결이 사라진 시체를 보면 엄숙해지는 이유도 여기에 있다.

이 세상의 지옥은 단테가 만들어낸 지옥을 능가한다. 편을 가르고 미사일을 쏘아대며 제 나름의 독백만을 외쳐댄다. 그리고 도전과 응전으로 악전고투하다가 입은 얼룩진 상처를 껴안은 채 어느 날 지구별을 떠나간다. 자신이 행하는 고난과 싸움의 정경을 한 편의 영화처럼 고스란히 볼 수 있다면, 아마 모든 인간들이 눈물을 흘리며 비통해 할 것이다. 그러니 그를 보지 못하는 게 오히려 얼마나 천만다행인가.

인간의 욕구는 동물보다도 강하다. 동물들은 언제나 실제 그대로의 고통과 쾌락을 느끼지만, 인간의 마음은 불안과 두려움으로 말미암아 실제의 느낌보다 큰 영향을 받아 절망 또한 증폭된다. 또 그로 인해 자살을 선택하기도 하고, 때로는 쾌락의 정도를 높이기 위해서

술, 마약 등에 손을 대기도 한다.

인간은 죽음을 감지하는 동물이다. 인간은 항상 미래에 다가올 죽음을 느끼고 절망한다. 매일같이 죽음을 호주머니에 넣고 산다. 그러나 인간과 달리 동물은 피해만 다닐 뿐 절체절명의 죽음에 대해서는 아는 바가 없다. 앞으로 일어날 일들이 상상으로 떠오르지 않기 때문이다.

반면 인간의 의지는 앞날을 예측할 수 있으며, 따라서 망상에 사로잡히기도 하고 열렬한 사랑을 갈구하기도 하는, 행복과 불행이라는 건축물을 세우는 대들보 같다.

행복

목표란 일시적인 것에 지나지 않는다.

행복이란 것은 항상 즐거움 속에 있다.
그러나 우리가 누리는 소망이나 기대는 어디까지나
미래에 누리게 될 것을 일찌감치 빌려오는 것에 불과하
다. 따라서 어쩌면 단지 현재를 즐기고 이를 목적으로
삼는 것이 더 현명한 일인지도 모른다. 왜냐하면 눈앞
에 실재하는 것은 오직 현재뿐이며 그 밖의 모든 것은,
존재하지 않는, 오직 머릿속에 그려진 표상에 불과하기

때문이다.

인간은 사실 행복하지 못하다. 일생 행복을 쫓아다니지만 대부분 삶의 덧없음을 느끼고 끝난다. 야단스럽게 떠들면서도 결국은 식욕과 성욕, 권태에서 크게 벗어나지 못한다.

성공이나 실패를 논하기에 앞서 우리 인생은 보잘것없고 공허하며 늘 뒤를 돌아보며 그리워하는 일뿐이다. 인간의 삶은 희망에 농락당하고 죽음에 직면하면 노심초사하게 된다. 물론 삶을 유지하기 위해 지속적으로 노동을 하고 권태로부터의 탈출을 꿈꾸기도 한다.

어떤 사물에 호기심을 느끼고 탐닉한다는 것은 결국 영혼에 염증이 일고 실속 없는 공허를 절실히 느끼고 있는 상태라고 설명된다.

흔히 성공해서 높은 자리에 있는 이들은 멋있는 자동차나 장신구와 옷 등을 소유함으로써 행복하게 사는 것처럼 보이지만, 이는 빈약하고 초라한 모습에서 탈출하려는 헛된 노력에 불과하다.

인간은 정교한 유기체와 같지만 결국 흙으로 돌아가 공허한 유산을 남길 뿐이며, 우리 삶 또한 처음에는 욕망에 사로잡혀 분주하지만, 결국은 절망에 빠지고 마지막에는 죽음에 도달하는 일련의 순서를 거칠 뿐이다.

시간은 모두에게 같다. 죽음에 이르는 길은 누구나 똑같이 경험하는 것이며, 우리의 생존도 결국은 병마와의 싸움에서 패배한다. 광활한 이 우주의 역사 앞에서 우리의 일생이란 결국 한 조각의 파편이라는 말도 있지 않은가.

시간은 인간이 가진 하나의 틀이며, 이 때문에 공허는 계속되며 현재라는 가면을 쓰고 나타난다. 행복은 결코 끊임없이 지속되지 않는다. 또 인생은 굽이치는 물결과 다름없다. 일생 동안 발생과 환원을 적당히 반복하면서 말이다.

금욕

욕망과 만족의 양이 적절하면

가장 행복한 생애를 이룰 수 있다.

사랑의 행위는 아름답다.

그러나 대다수는 성행위를 마치고 난 뒤 어디선가 들려오는 듯한 악마의 웃음소리에 갑작스레 두려움을 느낀다.

연정을 품은 남자들은 여자에게 많은 것을 약속하지만 그 약속은 거의 지켜지지 않는다.

여자는 성에 대해서는 남자보다 두려워하며 부끄러

움을 타지만 임신에 대해서는 틀리다. 그들은 임신을 당연하게 여기며 때로는 고귀하다고까지 생각한다. 왜 여자들은 임신은 아름다운데 성행위는 남몰래 해야 한다고 생각하는 것일까.

기록에 의하면 예전 피타고라스의 철학자들은 결혼을 하고 동침을 하는 건 자식만을 목적으로 해야 한다고 주장했다. 그러나 이제 이턴 주장은 시대착오적인 것으로 여겨진다.

수도원의 울타리 안에서 구현되는 공동체와 금욕에 깃든 정신은 이 세상보다는 내세의 가치를 높이 사고 있으며, 그럼으로 인해 세속적인 쾌락을 멀리하고 죽음만이 구원에 이르는 길이라고 여긴다. 물론 수도자의 일상은 존경할 만한 것이지만 그들이 입고 있는 승복은 가장에 불과하며 그 옷을 입었다고 그 사람이 진짜 수도자라고 하기에는 무리가 있다.

붓다는 인도의 카필라성(지금 네팔 국경 지대) 왕자

로 태어났지만 출가해 문전걸식을 했으며 프란체스코 교단을 창설한 이탈리아의 수도사 프란체스코도 가지고 있던 모든 명예와 재산을 버리고 회색 옷을 입은 채 가난한 사람과 병자를 위로하며 세상을 헤맸다. 결국 그들은 행복해서가 아니라 불행했기 때문에 우리들의 부러움을 사고 있는지도 모른다.

그렇다면 행복한 삶이란 대체 무엇일까.

인간이 도달할 수 있는 최고의 경지는 영웅이 되는 것뿐이다. 진정한 영웅은 한 생애를 고난과 가난 속에서 살았으며 안팎이 동일한 거짓되지 않은 삶을 구현했기에 우리 기억에 남는 초인이 된다. 가만 생각해 보면 그들의 금욕이란, 터무니없이 희망을 갈구하며 살려는 의지를 포기하는 일이었는지도 모른다.

사랑

눈물을 모르는 눈으로는 진리를 보지 못하며,

아픔을 겪지 아니한 마음으로는 사람을 모르리라.

청년기가 지나면 정열도 점점 사라진다.

그로 인해 상상력은 줄고 인생도 한낱 먼지처럼 흩어진다. 과연 사랑이 목숨과 바꿀 만큼 중요한 것일까 의심하게 되는 순간, 우리는 번민에 휩싸여 용기를 잃어버린 햄릿처럼 불만만 읊조리게 된다. 어느 날 병실 구석에 홀로 누워 지나간 과거의 그림자와 꿈만 회상하다가 죽음을 맞이할 것이다.

청년기의 사랑은 인생에서 가장 중요한 사건이다. 그럼에도 과거 철학자들이 사랑을 등한시했다는 것은 오히려 놀랍게 느껴진다.

루소 역시 〈인간불평등 기원론〉에서 사랑을 말했지만 너무 가볍고 설명이 참신하지 못했으며, 칸트의 사랑 요약은 겉모습은 아름답지만 어떤 부분에서는 표현의 한계를 넘지 못했다. 그런가 하면 스피노자는 〈윤리학〉에서 사랑 정의를 이처럼 너무 간편하게 요약했다.

"남자와 여자의 사랑은 외부적인 충격에 의해 일어나는 보편적 관념에서 오는 쾌락이다."

연애는 단지 애정으로 만족하지 않고 하룻밤의 풋사랑을 요구한다.

그러나 인생에서 사랑은 가장 커다란 사건이다. 많은 이들이 이 사랑을 위해 목숨을 내걸고 절망 끝에 죽어간다. 많은 문학작품 속에서도 사랑이 중요한 테마로 등장한다. 〈로미오와 줄리엣〉, 〈젊은 베르테르의 슬픔〉에 나오는 등장하는 사랑이 있어서 행복했고 그로 인해 불행해졌다.

우리는 TV, 신문 등에서 매일같이 불타는 사랑 이야기를 보고 듣는다. 또 누구나 뜨거웠던 사랑에 대한 추억을 가슴 속에 간직하고 산다. 물론 어떤 사랑은 불행한 주위 상황 때문에 이루어지지 못한다. 그러나 당사자들의 마음만 확실하다면 이루지 못할 사랑이 어디 있겠는가. 심지어 압력과 굴욕을 받더라도 말이다.

사랑은 외부적인 요인들에 영향을 받는다. 그리고 근래 들어 사랑은 점점 가벼워지고 있다. 가볍고 상품화된 세상 속에서, 이제 사랑도 그것들 중 하나로 자리잡은 셈이다. 이제 사랑은 체면 불구하고 장관의 문서철에 끼워지기도 하고 국책 사업에 묻어 다니기도 한다. 또는 생명과 지위와 행복을 빼앗고 친구와의 우정을 뒤집어 놓거나 마귀처럼 부모 자식의 관계를 들쑤셔 버리기도 한다.

무엇이 사랑을 이렇게 조종하고 있는가. 사랑이 악착같이 추구하는 목적은 바로 미래에 관한 것이다. 사소한 장난처럼 보이는 모든 형태의 사랑들이, 사실은 미래와 밀접한 관계를 유지하고 있다.

연애는 쾌락과 고뇌를 동반한다. 정사 없는 연애를 다룬 문학작품들이 성공하는 예는 거의 없다. 사랑이 주는 광포한 감정과 남녀 간의 정사는 옛날부터 다루어온 진부한 소재임에도 불구하고 지금까지도 유효하다. 성욕은 눈에 보이지 않고 희미하지만 스스로 생존 의지를 가지고 움직인다. 사랑으로 포장되어 있기에 이상적으로 보여도, 사실 성욕의 최종 목표는 자기를 닮은 존재를 생산해내는 데 지나지 않는다.

남자

나는 내 의지대로 된다.

한 남자가 쏜살같이 벌판을 내달린다.

그리고 자기 이상에 맞는 여자를 발견하자, 1백 미터 앞에서부터 정열을 불태운다. 행복한 상상이 그를 사로잡고, 이제 그는 상대 여인이 아름답거나 추하거나 따위는 문제 삼지 않는다. 그저 상대에게 자신의 욕망을 투사해 앞으로 달려 나갈 뿐이다. 본능적으로 눈앞의 '그녀'는 다른 여자와는 완전히 다르다고 착각하는 것이다.

　사랑하는 여자에 대한 남자의 정열은 그야말로 대단하다. 그들은 희생까지 감수하며 맹렬하게 돌진해 간다. 게다가 상대방에 대한 뜨거운 열정을 보답 받지 못하면 강압적 육체관계로 대가를 얻으려고 든다.

　종종 남자들은 종족 번식의 목적을 위해 수단과 방법을 가리지 않고 여자를 소유하려 든다. 이는 하나의 새로운 개체를 이 세상에 탄생시키려고 하는 노력이다. 그러나 그랬던 남자의 사랑도 상대방과 섹스를 갖고 나면 현저히 식어간다. 남자의 사랑은 늘 그 대상인 여자를 바꾸고 싶어 하는 반면, 관계 후 여자의 사랑은 점점 커져만 간다.

　물론 그 여자가 아이를 낳을 수 있는 한창 젊은 때라면 매력은 아직도 남아 있다. 그러나 아무리 아름다워도 건강하지 않으면 안 된다. 건강한 여자의 아름다운 눈과 높은 이마는 아이에게 유전되는 지적인 특성을 나타내는 형상인 것이다.

하지만 인간은 쾌락만으로 행복해질 수 없다. 섹스는 많은 욕구 충족의 일부분일 뿐이다. 때로는 열등한 것이 유익할 수도 있다.

남자는 거칠고 건강하고, 여자는 교양이 있고 다정다감하거나다. 남자는 학자적이며 명석하지만 여자는 그 반대다.

결혼 생활이란 남자와 여자가 마음을 합쳐서 자식을 낳아 기르는 과정이다. 여기서 여자가 남자의 재주에 반해 결혼했다는 이야기는 거짓이며 잠꼬대다. 또한 남자들도 대화를 나누기 위해서 이 여자와 결혼한 것이 아니다. 희랍의 철학자 소크라테스가 악처 크산티폐를 아내로 맞이한 것도 어쩔 수 없는 운명 아니었던가.

형이하학적 삶

의지와 결심이 영혼의 버팀대가 될 수 있음을

아는 이는 행운아다.

평범한 인간도 시인이 될 수 있다.

　상대방을 사모하는 마음이 스스로도 알 수 없는 예술적 욕구를 만들어 내기 때문이다. 시적 영감은 바로 여기에서 시작되며, 연인의 손을 잡기만 하면 행복이 절로 굴러올 것 같은 기분이 그를 현혹시켜 눈 멀게 한다. 한번뿐인 우리 인생은 언젠가는 파탄이 나게 마련이고, 설사 그렇지 않다고 해도 늘 행복하지만은 않다.

따라서 이 세상의 의미와 가치를 느끼고 싶다는 욕망이 반드시 필요하다.

사는 것이 즐겁지 않다고 생각되는 것은 종족을 번식하고 싶다는 의지가 사라진 후 나타나는 일종의 후유증인 경우가 많다.

평생 반려자라고 생각했던 상대방이 귀찮은 존재로 전락하고, 사랑하는 마음과 미워하는 마음이 교차하면서 애증이 싹튼다. 그럴 때 우리가 할 수 있는 일은 단 한 가지 뿐이다.

상대방을 죽이고 자신도 함께 죽어버리기로 결심하는 것이다.

형이하학적인 사랑은 섹스가 끝나기도 전에 제 모습을 드러내지만, 이것은 결코 종족 보전에 해가 되지는 않는다. 개인의 행복과는 상관없이 말이다.

부모의 동의를 얻어 이루어진 사랑은 창조적이진 못해도 적어도 이런 모순은 피해갈 수 있다. 반면 애정보다는 돈을 앞세워 맺은 사랑은 어떤 양상으로 발전되든 종족보다 개인을 염두에 둔 결혼이다.

결혼은 종족의 이익과 개인의 이익이 부합되는 시점에서 시작된다.

여기서 섹스는 목이 마를 때 물을 찾듯, 하나의 살려는 인간적 의지에 속하며 형이하학적인 본능에 깃들어 있는 원형이기도 하다.

개인은 개체로서 살아가는 이상 고뇌를 피할 수 없으며, 그 죽음과 고뇌에서 해탈하는 길은 그저 생존 의지를 포기하는 것뿐이다. 실제로 불교에서 이야기하는 열반에 이르는 길 역시 소위 살려는 의지와는 전혀 상관없지 않은가.

형이하학적인 삶이란 섹스의 눈초리를 주고받는 것이며, 그것은 사랑이라는 결과로 형상화된다.

인간은 개인의 욕구를 먼저 생각하고 그 다음에 종족의 욕구를 추구하려 하지만, 실제 의지는 그 반대로

흘러간다. 그리고 섹스 없이는 단절되고 마는 모든 관
계의 비극은 다음 세대인 미래까지 영원히 계속될 것이
다.

여자

삶이란 더러운 것이다.

화장은 젊은 여자에게는 연극과 같다.

휘황찬란한 조명을 받으며 무대 위로 등장한 배우가 맡은 역할을 다하기 위해 분주하게 움직이는 것처럼.

그러나 그 화장은 고작해야 몇 해 정도 상대방의 마음을 휘어잡을 뿐 오래가지는 못한다. 화장이라는 건 단지 남자의 성욕을 유인하기 위한 술책에 불과하기 때문이다.

여자들은 언제나 사랑할 상대방을 찾기에 급급하다. 그리하여 화장을 하거나 춤추는 것들이야말로 자신들이 반드시 해야 할 진정한 의무라고 착각한다. 또 아이를 낳고 나이를 먹게 되면 아름다움을 잃어버리거늘 이것을 인정하려 하지 않을뿐더러 이를 타인의 탓으로 돌리려고까지 한다.

또한 여자들은 눈앞에서 일어나는 일은 예리하게 처리하지만 과거와 미래에 대한 성찰이나 소통이 필요한 일들은 경솔하게 처리하는 경우가 많다. 게다가 여자들은 황금과 돈을 귀하게 여긴다. 옛말에 어려운 일은 아내와 의논하라는 이야기가 있다. 전혀 틀린 말은 아니다. 여자들은 가까운 곳을 잘 볼 줄 안다. 현실에 충실한 그녀들은 복잡하게 일을 추진하는 걸 싫어하기 때문에 너무 먼 지혜나 실속 없는 정보를 끌어 모으려 들지 않는다. 그저 실재하는 것을 직관하는 능력과 웃음, 동정심만 있으면 충분하다고 생각한다. 이처럼 발밑에만

귀를 기울이는 것을 보면 여자는 간장은 가졌지만 담낭
은 없는 존재라고도 할 수 있다.

또 여자들은 이성의 빈약함을 감추기 위해 본능적으
로 거짓말을 한다. 실제로 여자들의 이야기를 경청하다
보면 어디까지가 진실이고 어디까지가 거짓인지 짐작
하기가 힘들다. 그러나 여자들은 자신의 위치를 잘 직
시하고 늘 제자리를 찾기 때문에 상대방의 위선이나 가
장을 확실하게 탐색한다. 따라서 그녀들을 속인다는 것
은 위험하고 현명하지 못한 일이다.

여자가 어떤 일을 뚝딱 해내는 것을 보고 나도 할 수
있다고 달려드는 남자들이 있다. 하지만 그것은 남자들
이 할 만한 일이 아니다. 이 세상이 남자에게 필요로 하
는 건 건강한 육체와 이성적인 판단뿐이다. 잔인한 이
야기지만, 여자들과 어떤 큰 약속을 나눈다는 것은 무
리다. 만일 그럴 수밖에 없는 상황이라면, 기대를 하지
않으면 절망하지도 않는다는 말을 기억하라. 신선한 아

이디어나 음악에 관한 의견이라면 얼마든지 좋지만, 운명을 건 약속 따위는 절대로 나누지 말라.

그러나 당신이 부자를 꿈꾸는 이라면, 여자들의 속성을 잘 이해할 필요가 있다. 여자는 상상력이 풍부하고 즉흥적이며 행복한 이기주의자다. 그래서 때때로 작은 실수를 범한다. 예를 들어 자신도 모르는 사이 때때로 상점에서 물건을 들고 나오는 식이다.

결혼

우리는 식욕을 느끼고 즐겁게 맛을 보지만

그것을 넘긴 직후부터는 맛을 모르게 된다.

남자와 여자가 결혼을 한다.

여자의 키가 크거나 작거나, 다리가 짧거나 길거나, 엉덩이가 크거나 작거나, 성욕에 눈이 어두운 남자들은 그녀의 아름다움에 취해 죽음의 순간까지 사랑의 기쁨에 쩔쩔 매며 어쩔 줄 몰라 한다. 인생에서 정말 중요한 것인지는 까맣게 잊고 말이다. 여자들은 모이면 음악이나 시, 인생의 아름다움에 대해 왈가왈부하지만 사실

떠들기에만 바쁘지 진정 그것을 이해하고 감상하는 것
은 아니다.

그저 예술을 사랑하는 체하며 남자들을 통해 간접적
으로 그것들을 지배하기를 원할 뿐이다. 지식이나 명
예, 돈 등을 이용해 자기보다 신분이 낮은 사람들 위에
군림하고 싶기 때문이다. 또 그녀들은 함께 있는 남자
의 신분이나 간판도 곧잘 동원한다.

결혼을 한다는 것은, 권리는 줄고 의무는 늘어나는
것을 의미하며, 그리하여 남자들은 일정한 약속에 의해
자유로운 사생활을 제약 당하고 희생된다는 점에서 결
혼하기를 주저한다. 인도에서는 남편이 먼저 죽으면 아
내도 함께 화장하는 풍습이 있다고 하는데 그야말로 비
윤리적인 처사가 아닐 수 없다. 그러나 남편이 벌어놓
은 재산을 바람난 아내가 마구 뿌리고 다나는 것 또한
비윤리적이기는 마찬가지다.

근래 일부일처제가 뿌리박힌 나라들에서는 결혼하

는 여자들은 줄어들고 일 없이 허송세월하는 노처녀들이 늘어나고 있다. 꼭 죽음만이 삶의 상실을 의미하지는 않는다. 살아 있는 동안 내 안의 어떤 것이 죽어버린다면, 그리하여 삶의 보람도 즐거움도 느끼지 못한다면 그 또한 죽음에 버금가는 고통이 아니겠는가.

어쨌든 여자들은 선천적인 낭비가들이다. 젊은 여자들은 간절하게 귀부인이 되기를 원하지만, 이런 쓸데없는 환상만 꿈꾸지 말고 집안일을 돌보고 풀을 베거나 젖 짜는 일쯤은 혼자 해야 한다. 그런 일을 한다고 해서 불행한 처지에 놓이는 것은 아니지 않은가.

불행은 무언가를 이룰 수 없는 상황이 아니라 무언가를 이룰 수 없는 인생 자체를 의미한다. 어떤 여자들은 막노동을 하면서 살아가느니 몸을 파는 게 낫다고 여길지 모른다. 그렇다면 일부다처제는 아주 좋은 방법이다. 왜들 그렇게 일에는 프로인 척 하면서, 사는 것은 아마추어인가 말이다.

여자들은 결혼으로 인해 얻게 되는 불평등한 권리를 내세우지 말라. 아주 너그럽게 생각을 해 봐도 진정한 의미의 일부일처제가 세상천지 어디에 있다는 말인가.

열매

어떤 야비한 일을 당하더라도 괴로워하는 대신, 이를

인간성 연구에 필요한 새로운 자료였다고 생각하라.

살아가면서 틈나는 대로 웃어라.

대상을 직관하고 어설프게 판단하거나 추리하지 말라. 삶이라는 이 긴 여행은, 사랑 없이 마침표를 찍을 수 없다. 욕심 부리지 말고 직관에 의지한 자연스러움을 본받아라.

인위적인 교육은 받는 사람으로 하여금 사물과의 인과 관계를 잘못 이해하게 만든다. 대부분의 젊은이들은 학교에서 가르쳐 주는 수동적인 생각에 매여 지혜롭지 못하고 매사에 소심하거나 비뚤어지고 움츠러든다. 그들은 나름대로 머릿속에 든 지식을 활용하려고 애쓰지만 매번 실패한다. 그것은 그 지식을 단순히 알고만 있을 뿐 직관으로 받아들이려 노력하지 않기 때문이다. 생각하는 힘을 기르지 않고 마구잡이로 기존의 사상을 사용하려는 것만큼 어리석은 일이 어디 있겠는가.

지식이 많다고 지혜로운 삶을 사는 것은 아니다. 겉보기에는 무지한 것 같지만 살아가는 일에서만큼은 풍부한 상식을 소유한 사람들도 얼마든지 있다. 그들이 가진 삶의 지혜는 어떤 종교의 설교보다도 뛰어나다. 지금, 그것을 익히고 배워라.

크게 웃으며 배워라.

어느 날 혹시 사물에 대해 가졌던 생각들이 드디어 정확한 이해 속에서 받아들여지는 순간을 체험해 보았는가? 누군가의 가르침에 의해 억지로 내 것이 되었던 지식들이 드디어 체험을 통해 인식되는 것이다. 인식 능력의 발달 과정을 따르지 않고 무작정 교육되었던 지식들이 제자리를 찾아가는 것이다. 아이들이 인생에 대한 참지식들을 습득하는 것이 매우 중요한 것도 이 때문이다. 그 참지식을 통해 잘못된 선입관에서 벗어날 수 있기 때문이다.

아이들에게 책 읽기를 재촉하지 말라. 아이들은 순서에 따라 사물과 인간의 관계를 깨달을 필요가 있다. 그리고 올바른 이해만이 아이들의 마음에 진실로 자리잡을 수 있다.

고대 그리스 퀴닉 학파의 창시자인 철학자 디오게네스에게 어느 날 알렉산더대왕이 찾아와서 이렇게 물었다.

그대의 소원은 무엇이오?

그러자 디오게네스는 대답했다.

통에 그림자가 지니 조금 비켜주었으면 정말 고맙겠소이다!

바로 이것이, 거리에서 노숙하며 커다란 통을 집으로 여기고 금욕 생활을 영위했던 철학자 디오게네스와 정복자 알렉산더 대왕과의 유명한 대화 한 구절이다.

세속적인 욕심을 떠나 거지처럼 살았던 소크라테스의 제자 안티스테네스는 〈고문선집〉에서 교육에 정말 필요한 것이 무엇이냐고 묻는 질문에 "나쁜 것을 분간하여 그것을 버리는 것이다"라고 답했다. 이는 수학이나 어학처럼 오류를 범할 확률이 매우 적은 과목부터 먼저 배우고 난 다음, 판단력이 필요한 분야는 넉넉하게 시간을 가지고 공부하라는 뜻이다.

기억력은 젊은 시절에 가장 정확하고, 지식을 습득

하기에도 이 시기가 가장 적합하다. 때문에 젊은 시절에는 공부를 할 때 세심한 배려와 선택을 할 필요가 있다. 직관적인 지식은 시간이 흐르면 자연적으로 얻어지며, 추상적인 지식은 교사의 가르침과 전달을 따라 머리로 들어온다. 그리고 이처럼 외부로부터의 가르침에서 얻어진 개념과 직관에 의해 얻게 되는 참된 인식들이 잘 합치될 때 진정한 지식이 생겨난다. 아름다운 지식의 열매를 맺기 위해서는 다각적인 전략이 필요한 것도 이 때문이다.

그러나 청소년들은 이러한 지식 습득 과정에 대해서는 아는 바가 없다. 직관 학습은 가장 어려운 단계에 속하므로, 실천적이고 활동적인 깨달음에 도달한 학자 역시 그것을 현실이 아닌 소설 속에서나 간혹 만나볼 수 있는 것이다.

그러나 소설은 현재 일어나지 않는 가상의 세계나 인간관계를 설정한 것이고 허황된 가정이기에 때로는

올바른 가르침을 방해하기도 하며, 물론 몇몇 소설은
이런 비난과는 정반대로 아름다운 인생의 집짓기를 위
한 우아한 간접 체험을 전달해 주기도 한다.

만족과 불만족

걱정이나 후회의 시간은 짧을수록 좋다.

아리스토텔레스는
"행복은 만족하는 사람에게만 있다"고 했다.

우리 일상생활만 봐도 자신에게 만족하는 사람은 이웃에게 위험을 주거나 손실을 끼치지 않는다. 또 그저 웃고 떠드는 의미 없는 교제를 즐기고 향락과 사치를 좇거나 쾌락에 빠지지도 않는다. 사실 위선이라는 건 스스로 만들어내는 것 아닌가.

하지만 우리는 자신에 만족하는 것에 앞서 그것을 집단 속에서 해명하기를 바란다. 그래서 무리를 짓고 그것을 권력으로 사용한다.

그러나 그 집단 안의 나는 똑같은 규범에 따라 움직이는 작은 구성원일 뿐이다. 현대인들 대다수는 쇼펜하우어가 지적한 바로 이런 오류에 빠져 있다.

많은 이들이 사회생활을 포함한 집단 생활을 하면서 일정한 성취를 이루고 그것을 자기 만족으로 알고 살아간다. 하지만 홀로 있는 시간이 되면 애초에 혼자였던 그 시간보다 몇 배나 고독해진다.

자신의 개성이 무엇인지 꿈이 무엇인지 하는 생각은 애초에 집단에서는 허용되지 않기 때문이다.

개성이라는 것은 혼자 있을 때와 고독할 때 돋보인다. 따라서 심지어 단 둘일 뿐일 때도 이러한 개인적인 성향은 존중되어야 한다. 먹고사는 생업뿐만 아니라 부부관계에서도 마찬가지다. 집단 속에서 조화롭게 각자의 자아가 존재하려면 서로 양보하고 타인을 배려하는 마음이 필요하다.

참된 자아는 정신적 고독과 육체적 고독이 동시에 발생할 때 충만해지며, 그때 인간적인 행복을 얻을 수 있다.

근래 들어 많은 이들이 자유가 필요하다고 말한다. 그러나 그 자유의 본질이 홀로 되는 것이라는 점은 간과한다.

우리는 자신과는 한참 다른 사람들과 만나면서 거기에 시간을 투자하고 자유를 상실한 채 우울해 한다. 다만 그들이 웃고 떠드는 것은 군중 속에서 고독하지 않기 위한 미봉책에 불과하다.

진정 행복한 사람은 집단을 넘어 자신을 사랑하는 사람이라는 것을 기억하자.

행복한 이기주의자는 남의 칭찬과 인정에 구애받거나 들뜨지 않는다는 점을 명심하자. 집단과 주변의 이

목에서 벗어나 자유롭게 행복해지기로 결심해 보자.

행복한 인생을 원한다면 집단 안에서만이 모든 것을 구현할 수 있다는 고정관념을 깨는 것이 급선무다.

죽음

사람은 나지 않음이 행복하다.

우리는 항상 삶과 죽음을 동떨어진 것으로 생각한다.

그러나 삶과 죽음은 서로를 의지한다. 그렇기에 삶과 죽음은 서로의 필요충분조건이 되어 인생을 슬픔으로 또는 기쁨으로 몰아간다. 죽음은 창백한 희망과 같다. 하지만 이것이 없었더라면 인간의 역사에 애초부터 철학적 사색 따위는 존재하지도 않았을 것이다. 우리는 오히려 죽음을 통해 삶의 가치를 깨닫고 그것을 소중히 여기게 되는 셈이다.

인도의 신화에는 시바(siva)라는 신이 등장한다. 시바는 과거 현재 미래를 주관하는 신으로, 죽은 자의 해골로 목걸이를 만들어 걸고 다니는 반면, 그 아래 수없는 자식들을 두었다. 바로 삶과 죽음이 서로를 보충하기도 하고 배반하기도 한다는 것을 의미한다.

그런가 하면 고대인들은 죽은 자를 위해 아름다운 관을 짜고 무덤 안의 벽에 죽은 자가 생전에 펼쳤던 삶의 여러 가지 모습들을 다채롭게 그려냈다. 비록 죽은 자를 비통한 심정으로 애도하되 실제 삶의 모습들을 벽에다 장식해 살아남은 자들의 슬픔을 다소나마 위로해 주었던 것이다.

쇼펜하우어는 죽음이야말로 섹스를 통해 맺었던 우리의 결합이 송두리째 풀리는 시기이며 인간의 존재가 안타깝기 그지없고 절망적인 것임을 폭로하는 순간이라고 말한다. 그것은 아마 단순한 불행을 넘어 인간 존재의 절대적 환멸로 봐야 할 것이다. 동시에 이를 통해 스스로의 존재를 유지하기 위해 우리는 지금의 인간의 모습을 넘어 전혀 다른 존재가 되어야 한다.

즉 가슴 졸이며 끝까지 버텨 봐도 우리는 결국 무덤 아래로 돌아간다. 하지만 돌이켜 보면 우리가 죽음을 통해 잃어버리는 것은 아무것도 없다.

바꿔 생각해 보자. 만일 우리에게 영원한 삶이 주어진다면 어떨까. 아마도 오히려 변함없는 일상에 염증을 느껴 스스로 목숨을 끊거나 허무를 선택할 것이다. 어떤 날은 힘들다가도 또 어떤 날은 기쁘고, 예전에는 몰랐던 가족들의 웃음, 길가의 꽃 한 송이에 아름다움을 느낄 수 있는 것도 바로 죽음이 있기 때문이다.

예로부터 많은 철학자들이 죽음을 얘기했다. 그들이 이처럼 죽음의 향기에 예민하게 반응했던 것은 바로 죽음을 통해 존재에 대한 깊은 통찰이 가능했기 때문이며, 또 그로 인해 삶을 한껏 가벼운 것으로 만들어 해탈로 다가갈 수 있었기 때문이다.

죽음은 우리 삶의 가장자리에 언제나 버티고 서 있는 파수꾼이다. 하찮은 걱정과 크고 작은 사건의 연속을 단호하게 끊어주는 절대적인 친구다. 실로 모든 존재들이 그 죽음의 어둠 속에서야 비로소 안식을 얻지 않던가.

사람만 그런 것이 아니다. 곤충들의 세계를 보자. 곤충들은 적당한 장소를 찾아 알을 낳고 영원히 잠들어버린다. 바로 그 알들이 새 봄에 깨어나면 또 다른 날을 펼쳐갈 것이라는 믿음 속에서 그들은 잠잠해진다. 이야말로 죽음과 삶의 끊임없는 재생, 자연이 가르쳐주는 불멸의 노래가 아닌가.

저기 뛰어가는 강아지를 보라. 그 강아지는 순간 순간을 아름답게 살아가기 위해 노력하고 있다. 그리고 그들의 삶과 죽음을 눈여겨보라. 한낱 개들도 태어나서 죽고, 또다시 태어나기를 수천 년 동안 반복해왔다. 죽음의 손에 멸망한 것은 단지 그 형상일 뿐이다. 세상의 모든 생명은 이 방식을 통해 지금까지 영속해왔고 인간도 다르지 않다.

샘이나 강의 물은 흘러서 바다로 가고 다시 강으로 되돌아온다. 알을 낳기 위해 물을 거스르는 연어처럼.

그리고 대자연이라는 우주의 어머니는 죽음이라는 유희를 말없이 지켜본다.

그들은 어디서 오는가.
그들은 지금 어디에 있는가.

가을에 떨어지는 낙엽을 보고 슬퍼지는 것은 봄이 되면 새잎이 돋아날 것을 또 알기 때문이다.

나뭇잎이여, 너는 어디로 가고 그 새 이파리는 어디서 오는가. 허무의 심연은 어디에서 시작되는가. 윤회

하는 나뭇잎, 그것은 바로 우리의 생애를 노래한다.

예술

신이 있다면, 나는 그 신이 되고 싶지 않다.

세상의 비극이 내 가슴을 찢을 것이기 때문이다.

우리는 젊은 시절에는 많은 꿈을 꾼다.

문학청년 한번 꿈꿔 보지 않은 이 없었을 것이며 노트에 이것저것 그리고 쓰던 기억도 있을 것이다. 물론 사물은 객관적으로 바라볼수록 아름답다. 그러나 청년 시절의 그것은 인생이 아름다워서가 아니라 시의 거울에 비친 그 인생이 아름답기 때문이다.

우리는 살아가면서 많은 희망을 가진다. 특히 지금

비록 고난이 다가와도 아직은 가능성이 있기에 "난 내가 이렇게 살았으면 좋겠어." 하는 희망이 비쳐진 청년 시절의 모습이야말로 비길 데 없이 아름다운 것이다. 그리고 모든 예술의 시작은 이러한 희망에서 온다.

자기 식으로 세계를 감상하고 즐기려는, 우리 마음속에서 꿈틀거리는 모든 열망과 경험은 시로 터져 나오고, 그렇게 시인은 세상의 거울이 된다.

이 세상은 결코 도덕적이지도, 아름답지만도 않다. 따라서 세상의 거울인 그들에게 고상하다든가, 도덕적으로 올바르다거나, 신앙을 가지라고 요구하는 것은 애초부터 무리다. 수많은 좋은 시들이 인간의 몸서리치는 욕망, 말할 수 없는 고뇌, 악의 승리, 순결한 자의 파멸 등을 묘사하고 있다는 점을 주목해 보자. 그 시의 세계는 우리의 존재의 실상이 어떤지를 분명하게 지적하고 있는 셈이다.

돌이켜 보면 많은 비극들이, 수난 속에서도 고매한

목적을 추구하다가 결국 목적을 단념하거나 죽고 마는 인물들을 등장시킨다. 〈오레안〉의 폭셀, 〈메시느〉의 신부 등만 봐도 살고자 하는 의지가 소멸되어 마침내 죽어간다. 반면 많은 희극들이 반대로, 우리에게 열심히 살아가라고 적극적인 삶을 요구한다.

　이처럼 우리가 살아가는 세상은 즐거운 일과 불쾌한 일들이 번갈아 일어난다. 흔히 고생도 10년 안 가고, 행복도 10년 안 간다는 말이 있다. 실제로 우리들의 하루하루만 봐도 어느 날은 행복했다가 어느 날은 한없는 슬픔 속에 내동댕이쳐진다. 그리고 이처럼, 결국 영원한 행복도 비극도 없다는 자각은 지금 내가 겪고 있는 불행들을 이겨나갈 수 있는 원동력이 된다. 슬프고도 슬픈 비극 작품이 때로는 삶의 열망을 더욱 불타오르게 만드는 것도 이 때문이다.

음악

사람은 음식물로 체력을 발육케 하고,

예술로 정신력을 배양한다.

음악이라는 것은
바깥 현상만을 표현하는 대신 현상의 본체, 즉
내면에 고여 있는 본질을 표현하는 예술이다.

기쁨과 슬픔뿐만 아니라 여타 가슴 속에 품고 있는 많은 감정을 응고시켜 하나의 선율로 나타낸다. 즉 멜로디의 창조는 감성의 비밀을 찾아내는 일과 다를 바 없다. 많은 음악가들이 타인들은 상상할 수 없는 충동을 완벽하게 선율로 바꾸어냈다. 또 음악은 어느 분야보다 천재적인 정신 작용이 필요한 분야이므로, 이 정도면 되겠지 생각하는 순간 그 예술인생도 끝이 난다.

음악은 다른 분야들과는 달리 사물에 대한 어떤 관념을 통해 이뤄내는 것이 아니다. 하나하나의 음표는 가장 내면적 세계의 표현이며 이성을 통해서는 전혀 알 수 없는 천상에서 내려오는 지혜이므로 명확하게 설명할 수 없는 것이기도 하다.

만일 현재 혼돈 속에 빠져 있다면 다른 어떤 예술, 그림이나 문학, 연극 이 모두보다 음악으로 마음을 다독여 보자. 아마 당신이 상상할 수 있는 모든 내면의 문제들을 이 선율들 하나하나가 벌써부터 담고 있었으며, 따라서 당신은 결코 혼자가 아니었다는 것을 알게 될지 모른다.

문학

스스로 한 귀중한 성찰은

되도록 빨리 적어두어야 한다.

문학은 흥미를 추구하는 예술이다. 그리고 이 목적을 달성시키기 위해 인물을 등장시켜 사건을 전개하고 그 내면 세계를 분석한다. 여기서 가장 중심이 되는 개념은 바로 이데아인데, 이 이데아를 인식한다는 것은 무엇인가 아름다운 느낌을 받는 것과 일맥상통한다. 아름답다는 것을 느끼는 것이야말로 이데아가 분명히 드러나는 표시이기 때문이다.

그리고 이 가장 큰 아름다움은 바로 그것이 진실이어야 한다는 전제 하에서 마련되며, 따라서 어디까지나 예술은 진실을 표방하게 마련이며, 아름다운 묘사는 기본적으로 진실해야만 한다. 물론 흥미가 우리의 의지를 끌어당긴다 하더라도 이 정신적 진실 없이는 그 또한 이루어지지 않는 것이다.

우리는 책을 읽다가 그 안에서 누군가를 만나면 사랑할까, 미워할까를 재고 거기에서 흥미를 느낀다. 그러나 흥미를 유발한다고 해서 모두가 예술작품인 것은 아니다. 예를 들어 시는 흥미와는 다소 거리가 멀다. 그렇다고 시가 소설보다 하위 개념으로 간주되는 법은 없다. 문학이라는 것은 기본적으로 예술성은 있으나 재미가 없다고 해도 부끄러워할 필요는 없는 것이다. 예를 들어 셰익스피어의 〈햄릿〉, 〈베니스의 상인〉 등은 비록 큰 센세이션을 일으키진 못해도, 그것을 읽은 독자들을 부끄럽게 만들지는 않는다. 이처럼 많은 명작들은 흥미 본위로 씌어지지 않았기에 본질적으로 침착하며, 그것을 읽는 우리의 의지도 긴장을 벗어나기 때문에 늘 고요하다.

물론 흥미와 아름다움이 공존하는 작품들도 있다. 그 작품 내면의 흥미 요소는 아름다움을 돋보이게 하기 위해 사용된다. 그러나 재미가 넘치면 아름다움은 가라앉는다. 흥미는 그저 작가가 읽는 이에게 이데아를 인식시키기 위해 차용하는 도구 정도의 역할이면 알맞을 것이다. 너무 지나치면, 몇 분 못가 못 고장 나는 시계와 비슷한 꼴이 되는 것이다. 즉 흥미는 물질이고, 아름다움은 형상이며, 흥미는 몸이요, 아름다움은 정신이다.

우리의 삶도 이와 다르지 않다. 우리는 즐겁게 살기 위해서 살아가지만, 그 즐거움이 곧 행복은 아니다. 대다수의 행복은 즐거움 속에서 싹트지만, 일련의 비극적 상황에서도 우리는 행복을 발견할 수 있다. 전쟁 통 속에서 만난 한 줌의 음식과 물처럼 말이다. 즐거움은 좋은 것이지만 지나치게 그것을 좇지 말라. 사실 우리의 행복이란 얻으려는 노력 하에 구현되는 것이 아니라 본질적으로는 우리 마음이 만들어내는 것이다. 고요하고 안정된 정신과 깊은 통찰력을 어떤 순간에서도 고수할 수 있는 자는 늘 행복할 것이다.

이기심

허영심은 사람을 수다스럽게 하고

자존심은 침묵케 한다.

이기심은 아무리 채워도 채워지지 않는 심술주머니처럼, 평생을 통틀어 우리를 사로잡는다.

인간에게는 기본적으로 가난을 면하고 부자로 살고 싶은 욕망이 너무 크기 때문이다. 이 이기심과 욕망이 점점 커질수록 인생에 대한 불쾌감이 커지고 증오심까지 솟아오른다. 그리고 이 이기심은 한량없이 커서 은

하수로도 메우기가 어려우며, 많은 이들이 이기심의 덫
에 걸려 자기를 그 세계의 중심에 놓는 오류를 저지른
다.

　실제로 이기심을 가진 사람들은, 비상한 지능이 정
신 대부분을 지배한다. 주변에 보면 실제로는 평판이
좋지 않은데 제법 성공한 사람들이 있다. 그들은 소리
소문 없이 실속을 차리고, 돈을 투자하고 거두어들이는
시기를 잘 알며, 돈에 관련된 일 만큼에는 누구보다도
능숙하다. 그것이 하나의 재능으로 머물면 좋겠으나 이
렇게 사람의 눈이 물욕에 길들여지면, 위선과 탐욕 등
이 덩달아 따라오게 마련이다.

　지금 여러분의 가슴에는 이러한 것들이 존재하고 있
지 않은가? 당신은 착한 이기주의자로 살겠다고 다짐할
지 모르지만 이 욕망을 제어하는 일이란 죽음 이전에는
불가능할지도 모른다. 아무리 서로 입으로는 평화를 외
쳐도 사실 이런 사람들은 늑대와 같다. 눈앞에서 물어

뜯지만 않으면 다행스러울지 모른다. 종교나 양심을 떠들어 대는 많은 세속적인 종교가들을 보라. 그들의 종교는 그들의 입지에 조금만 해가 되면 다시 무용지물로 전락할 것이다. 그들이 얘기하는 양심이란 무엇일까?

양심이란, 타인에 대한 두려움, 종교적인 두려움, 선입관에서 오는 공포, 허영심에서 오는 것, 오랜 관습에서 오는 것, 이렇게 다섯 가지다. 즉 사람들이 양심을 가지는 것은 본질적으로 양심적이어서가 아니라 두려움 때문이라는 것이다. 인간의 습관상 명분만 생긴다면 체면불구하고 어떤 약속이라도 어기지만, 마음에 꺼리는 일을 하게 되면 조금씩 가슴 속에 앙금이 쌓이고, 이것이 양심이 된다는 것이다.

사실 우리는 양심에 대해 깊이 숙고하지 않는다. 그저 영화 등에서 양심이라는 것을 애초부터 가지지 않은 악당들을 보고 가끔씩은 나도 저래봤으면 생각할지 모른다. 양심을 지키는 게 더 우스워지는 세상이라는 체

넘 때문이다.

이처럼 양심이란 불변하는 것이 아닌 당사자의 선택이다. 누구나 이기적인 면을 가지지만 결국 그 결과가 하나같이 다른 것은, 스스로 자신의 이기심을 얼마나 잘 제어하고 양심을 키워갔는가가 근본적인 문제이기 때문이다.

오늘부터 양심일기를 써 보자. 착한 일과 나쁜 일을 고백하는 것이 아니라, 과연 내 양심은 어느 정도로 위선적인가, 혹은 그렇지 않은가, 스스로에게 솔직하게 고백해 보자. 더불어 양심 없는 사람만이 잘 살 수 있다는 이 시대의 법칙에서 한걸음 떨어져 보자.

동정심

자신을 존중할 줄 아는 사람만이

다른 사람을 존중할 수 있다.

남을 돕는 다는 것은 훌륭한 일이다.

이 동정심은 우리가 태어날 때부터 가지고 있던 것으로 어떤 종교나 교육을 통해 형성된 것이 아니다. 가끔씩 마을에 거지가 동냥을 온다고 치자. 아마 그들도 마을 사람들이 한 술 밥이나마 자신들에게 줄 것이라는 사실을 본능적으로 알기에 그곳을 찾아온다. 따라서 남을 동정할 줄 모르는 사람과는 한 마을에서 함께 살 이

유가 없다. 그들은 인간적인 면이 결여된 채 태어난 돌
연변이와 같기 때문이다.

예를 들어 일 때문에 또는 사업 때문에 상대가 나에
게 피해를 주었다고 치자. 처음에는 상대방에 대해 마
구 욕을 하다가도, 그 사람이 몹시 불쌍한 삶을 살았다
는 것을 알게 되면 갑자기 마음이 부드럽게 녹고 가여
워하는 동정심이 생겨난다. 그리고 더 나아가 보복하고
싶은 마음을 거두어들이게 된다. 만일 그 불쌍한 이에
게 보복을 한다면 나중에 후회를 하게 될 테고, 그래서
본능적으로 그 후회할 짓을 막게 되는 것이다.

실제로 보복이라는 것은 또다시 새끼를 친다. 이럴
때는 잘난 자식보다도 못난 자식에게 손길이 더 간다는
옛말을 떠올려 보자. 아무리 소문난 군자도 동정심이
없다면 부족하다던, 옛 성현들의 갈을 기억하자.

동정심을 나눈다는 것은 생명 있는 모든 것과 인연
을 맺는다는 뜻이며 더불어 남에게 사악한 일을 행하지

않고 용서하고 사랑하는 길이다. 이것은 옛 이야기에서나 등장하는 구절이 아니라 가족에게 친구에게 동료에게 베풀 수 있는 우리 본연의 의무다. 그리고 이러한 동정심은 우리를 수많은 고통 속에서 벗어나도록 한다.

인도 고대극에 나오는 마지막 기도 한마디를 적어본다. 가슴에 새겨둘 만큼 아름다운 구절이다.

"언제나 모든 중생이 괴로움에서 벗어나기를."

해탈

모든 행복은 망상의 산물에 불과하며

괴로움만이 실제로 존재한다.

인도의 바라문경전과 시편, 격언 등을 보면
여러 형태의 이야기들이 씌어 있다.

특히 나를 버리고 이웃을 사랑하라고 하는 가르침이
중심이다. 이 오래된 책들은 이웃뿐만 아니라 모든 생
명 가진 것들을 사랑하라고 말한다. 그런가 하면 다음
과 같은 행동지침도 있다. 영혼에 관한 심오한 실천 목
록이라고나 할까.

요즘 우리가 보기에는 어이없는 것들도 몇 개 있으나, 인도에서는 이 가르침이 4천여 년 장구한 역사 속에서 전해 내려오고 있다. 더 중요한 것은 이 지침들이 아직까지도 사람들 사이에서 권위를 가지고 있다는 점이다. 게다가 이 지침은 몇몇 사람의 장난이나 인위적인 강요로 이루어진 것이 아니라 오랫동안 실천해온 관습이다. 즉 이 지침들은 삶의 기쁨이 아닌 죽음을 찬미하는 기술인 셈이다.

조금은 놀랄 만도 하다. 어떻게 삶 속에서 죽음을 행하고 산단 말인가. 이른 아침 일어나 일터로 나가고 열심히 사회 전선에서 싸우다가 집에 들어와 밥을 먹고 잠든다. 이렇게 바쁜 삶에 어디 죽음의 미학이 끼어들 자리가 있단 말인가?

그러나 많은 고대 철학의 선구자들은 행동과 신앙생활에서 세상의 평범한 낙천주의자들과는 근본적으로 달랐다. 그들은 세상을 암울하게 바라 본 것이 아니라, 단지 죽음이 상징하는 무위에 역점을 두고 삶을 살아갔을 뿐이다. 그들의 전기를 관찰하고 삶과 죽음, 그 내밀한 정신세계를 읽어 보면, 그들의 한마디 외침을 들어 볼 수 있다.

허무를 두려워 말라!

　　실제로 고대 인도에서는 신의 힘을 빌리거나 모든 번뇌와 고통이 끊어진 적멸의 상태인 열반 속에 들어감으로써 삶의 고통에서 벗어나려고 노력했다. 이는 삶의 의욕을 버린 사람에게는, 우주 천체가 '허무' 라는 아늑한 성이라는 뜻이었다.

　　조금' 낯설기도 하지만 그런 생각은 든다.

　　'때론 길을 잃어도 아름답지 않은가.'

정치

국가란 인간이라는 육식동물을 공격적이지 않게

만들기 위한 재갈이다.

인간은 기본적으로 비루한 동물이다.

문명 속에서 살면서도 번번이 야수적인 기질을 내보이고, 가면 아래에는 화려하면서도 추악한 면모가 숨어 있다. 그나마 국가라는 정치 체제 아래에서 사니 덜 위험하고 안전한 셈이다. 실제로 전쟁이나 기타 소동으로 인해 공권력이 사라진 후 무정부 상태가 계속된다면, 앞으로 어떤 돌발 사건이 일어날지는 누구도 짐작할 수 없다. 생각만 해도 으스스하고 두렵지 않은가.

인간이란 족속은 태어날 때부터 유토피아를 꿈꾸는 것 같지만 사실은 고뇌를 짊어지고 불평 속에서 산다. 아무리 정치 제도가 사악과 부정을 제거하려고 노력해도 인간의 권태를 제압하진 못한다는 것이다.

프랑스의 정치가 로베스 피에르를 보자. 그는 왕정을 타파하고 새로운 정치를 구현하려 했지만 쿠테타를 맞이해 실각하고 만다. 즉 이 세상에는 기회만 있으면 누구든 죽이고 왕이 되고 싶어 하는 비열한 저격수들이 곳곳에 널려 있다. 나폴레옹 역시 돌이켜 보면 그저 욕망 덩어리 인간에 불과했다. 강렬한 의욕과 지성, 용기를 통해 친구들을 제치고 재빠르게 정치판에 뛰어들어 이득을 본 대표적인 사례다.

그렇다면 우리들의 유토피아 건설은 가능한가.

플라톤은 〈국가론〉에서 진정한 유토피아는 아내와 자식까지도 국가에서 공유하는 완벽한 공산국가라고 주장했지만, 이것은 이미 요원하다. 완벽한 전제정치가 불가능한 현 세대에서 정치는 길 잃은 돛단배와 같다. 다만 반복되는 역사적 불행이 보여주었듯이 어차피 정치에서 이상적인 종착점이란 존재하지 않는지도 모른다.

종교

수면이란 낮에 소비된 일부의 생명을 회복해서

유지하기 위해 미리 빌려 쓰는 소량의 죽음이다.

철학이 이 세상에 존재하는 것은, 인간이란 언젠가는 죽게 될 존재이기 때문이다.

이것이 사실이 아니라면, 철학이란 애초부터 존재할 이유가 없었을 것이다. 또한 우리가 인생에 대해 가진 모든 의문도 스스로 해결되어 철학적인 사색도 의미가 없었을 것이다. 아예 죽지 않는 존재에게 살아남은 자들의 슬픔이나 죽은 다음 세계에 대한 의문이 생길 리는 없지 않은가.

그리고 이런 면에서 신의 존재는 인간의 불멸과 밀접한 관계를 맺고 있다. 영생할 수 있다면 신앙심은 불필요하다. 반면 다음 생이나 내세가 없다는 것이 밝혀져도 신앙심은 사라질 것이다. 즉 종교란 인간이 형이상학적인 동물이라는 것을 잘 보여주는 증거다. 종교에는 늘 도덕이나 생존에 대한 설명이 포함되어 있다.

마호메트의 훈계를 모은 코란에 따라 죽음의 두려움에서 벗어나 삶을 초월한 신봉자들이 있다. 그들의 이야기를 들어보면 도무지 말도 안 되는 것처럼 느껴지는 부분도 있지만, 또 한편으로는 인간의 형이상학적인 욕구, 신념 등이 얼마나 절대적이고 눈물겨운지를 느끼게 된다. 어떻게 보면 우습기도 하다. 지금도 수많은 사람들이 여가 시간마다 자기 몸을 돌보고 휴식을 취하는 대신 공상의 세계를 만들어 그 안에서 소원을 빌거나 기도를 올리고 있지 않은가.

그러나 그것은 인간이란 늘 마음의 위안을 필요로 하는 존재라는 것을 말해 준다. 실제로 많은 이들이 힘으로 어찌 할 수 없는 위험이 닥쳐오면 거기에 맞서 싸우는 대신 기도나 제물을 바치는 데 매달린다. 그것이 미신이냐 아니냐는 다음 문제다. 그로 인해 고통에서 조금이나마 벗어날 수 있다면 그것으로 족하다.

이런 면에서 바라보면 '진리'라는 것은 아무 쓸모가 없다. 불행으로 인해 이성이 마비된 인간은 꾸며낸 이야기도 마다하지 않는다. 절박하기에 그것을 믿어야 할 필요성을 느끼는 것이다. 아무리 오만하고 욕심 많은 인간도 큰 비극 앞에선 무릎을 꿇는다. 즉 철학은 한편의 슬픈 소설로 그들에게 다가가고, 종교도 바로 여기에서 시작된다.

즉 철학과 종교는 어떤 면에서 우리를 극단적인 위험에서 보호하는 하나의 도구일 뿐 진정한 신앙과 도덕의 원칙은 아니라는 뜻이다.

즉 누군가가 사악한 일을 저질렀지만 잔꾀를 부려 법망을 빠져나오고 체면도 지켰다고 치자. 실제로 우리는 텔레비전 뉴스에서 하루에도 몇 번씩이나 이런 사람들을 본다. 그들 중에는 종교인들도 대다수다. 과련 신앙심이 그들의 그릇된 행동을 막았던가? 그들의 신앙심은 악의 유혹으로부터 그를 구제해냈던가?

천만의 말씀이다.

또한 기독교도들이 일으킨 십자군 전쟁, 콜럼버스가 발견한 아메리카의 인디언 학살, 이교도에 대한 박해는 어떻게 판단해야 하는가?

이처럼 천국에 들어가는 문은 멀다. 그래서 가끔 천국 가는 일은 낙타가 바늘구멍을 통과하는 것과 비교된다.

위선

평범한 능력밖에 없는 사람에게 겸손은

순수한 마음의 표상이지만, 훌륭한 능력을

지닌 사람에게 겸손은 위선일 뿐이다.

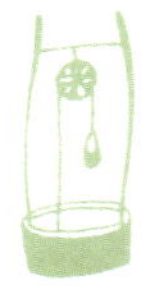

직업이라는 것은 본질적으로
하나의 명목에 불과하다.

즉 돈을 벌기 위한 수단일 뿐이다. 많은 이들이 정의
와 권력의 가면을 쓰고 의사나 변호사, 철학자, 성직자
로 살고 있다. 여러 가지 목적을 숨기고 선량한 채하면
서 말이다.

그러나 우리 인생은 본질적으로 가면 무도회장이

다. 가끔 가면을 바꿔 쓰기도 하고 예절, 우정을 무기처럼 내민다. 가면을 쓴 무도회장에는 장사꾼, 사기꾼 등이 득실거린다. 그래도 정직한 것은 역시 상인이다. 그들은 '준 만큼 받고 받은 만큼 돌려준다' 는 철칙을 지키고자 한다. 의사 곁에는 환자들이 가득하고, 변호사 앞에는 사기꾼, 성직자 뒤에는 죄악들이 숨 쉬고 있다. 나무를 보면 숲을 알 수 있듯이, 그의 행위를 보면 그가 어떤 사람인지 알 수 있다.

누군가를 잘 알고 싶다면 평소 그가 어떻게 살아가고 있는지를 관찰해 보라. 인간은 어려운 일을 당하면 대다수 무릎을 꿇거나 머리를 숙인다. 그러나 하찮은 일에서는 자기 뜻대로 움직이려 든다. 바로 그때 깊이 감추어 두었던 이기심이 드러난다. 만일 당신이 돈을 빌려주는 사람이라면 남을 무시하고 멋대로 구는 이에게는 저당 없이 한 푼도 꾸어주지 마라. 가까운 친구라고 해도 그가 조그만 일에서 비굴하거나 사악한 모습을 보인다면 큰일을 도모할 때 사기를 칠 확률이 많으니 조심해야 한다. 또한 사기꾼들과 어울려 다니느니 차라리 혼자 시간을 보내는 것이 현명하다.

분노를 얼굴에 나타내는 건 어리석다. 모든 건 행동으로 보여줘야 한다. 그렇다고 함부로 적을 만들지는 말라. 상대방에게 쓸모없는 사람으로 보이지 말 것이며 가슴으로 느끼는 친구가 되어라. 불신과 두려움은 우리 눈을 멀게 하며, 예절에 인색하면 관계가 엉뚱하게 발전할 수 있다는 점을 명심하자.

남을 무조건 의심하는 것도 잘못이지만, 무조건 믿는 것도 잘못이다. 그것은 사려 깊게 생각하거나 행동하는 것이 귀찮아 적당히 둘러대는 행동이다. 상대방과 적절히 거리를 유지하는 것만이 우정을 두텁게 할 수 있는 최선의 길이라는 것을 알자.

만일 자신에게 도움이 되는 사람이 있다. 그 사람이 아무리 내게 가치 있는 이라고 해도 그런 내색은 늘 숨

거야 한다. 언젠가는 드러나겠지만, 들킬 때까지 감춰 두라는 뜻이다. 너무 가깝게 접근하면 우스워지거나 그 대가를 치러야 할 염려가 있기 때문이다.

당신 주변에는 어떤 친구가 많은가?

사람도 강아지와 비슷해서 어루만져주고 먹을 것을 주면 그 사람을 따르게 된다. 하지만 자기 것만 챙기고 쏙 빠지는 사람은 주변이 텅텅 비거나 속 좁은 사람들과만 어울리게 된다. 사람은 잘 다루는 사람은 좋은 친구를 많이 두게 되어 출세할 수 있지만, 만일 그것이 속임수라면 언젠가는 들통이 난다.

때로는 적이 필요할 때도 있다. 한때 나의 강적이었던 사람이 힘없이 무너지면 그 또한 견디기 힘들다. 상대가 없는 경쟁은 진정한 싸움이 아니기 때문이다. 마땅한 적수가 있다는 것은 발전을 의미하며, 그래서 좋은 것이다.

관계

누군가 거짓말을 한고 있다고 의심이 가면
믿는 체하는 것이 좋다.
그러면 그는 대담해져서 훨씬 심한
거짓말을 하여 정체를 폭로한다.

주변에 거드름을 피우는 사람이 있다고 치자.

그는 가면으로 철저히 가장하고, 마냥 언제까지나 그렇게 살아갈 것이다. 그런 사람은 연민과 안타까움으로 바라볼 이유조차 없다. 그는 늘 자신이 우월하다는 점을 과시하며 무엇인가를 보여주기 위해 노력하지만 거울을 통해 비춰지는 그 사람의 진짜 모습은 우습기까지 하다.

어떤 신념에 찬 확신으로 나오는 몸짓도 가만 보면 인습적인 특질에서 오는 것 같다. 때로 신념은 자기 과시의 도구로 전락하기도 한다.

동물 중에서 가장 귀족적인 존재가 바로 인간이다. 또한 덕을 갖추고 도량이 넓은 것도 역시 인간이라는 동물이다. 실제로 타인에게 아량을 베푸는 것은 아무나 할 수 있는 일은 아니다. 하지만 어떤 면에서 그것은 상대를 자신과 동등하게 보는 것이 아니라 내려다보는 것일 수 있다. 그것은 반드시 경계해야 할 마음가짐이므로 꼭 유념해야 한다.

선량한 눈으로 보면 천재는 천재다. 그러나 달리 생각하면 천재는 저주받은 인간이다. 선량한 이들에게는 그가 부러움의 대상으로 다가온다. 하지만 막상 본인은 타인들이 가볍게 보는 까닭을 너무 잘 안다. 그래서 그런 이의 주변에는 온통 똑똑한 개나 고양이만이 존재한다. 즉 이 친구는 '그래도 인간이라고 생각했는데 알고 보니 원숭이밖에 안 돼!’ 하며 한심스러워하는 것이다.

빛나는 젊음을 가진 인간, 오만한 천재는 우울증과 노여움 속에서 세상을 한탄한다. 그러나 이 풍진 세상에서는 별 도리가 없다는 것을 알게 되면서 나중에는 허무해진다. 창백한 뺨을 가진 천재들은 야심 찬 새벽 안개를 가르며 어딘가로 떠나간다.

길에서 동물을 만나면 유쾌해지지만, 인간을 만나면 슬퍼진다. 인간은 흠이 많은 실패작이므로 추한 육체와 욕정과 여러 가지 사악함으로 가득 차 있고, 쾌락을 좇는 생활에서 흘러나오는 고약한 냄새 같은 것들이 동시에 풍겨난다. 난파선을 타고 하늘을 날겠다고 떠들던 소년도, 언젠가는 꿈을 잃어버리고 불행한 삶을 살게 될 것이다.

간간히 고독해져라.

당신은 지금 어디서 무엇을 꿈꾸며 졸고 있는가.

■ 1788년 2월 22일, 독일 단치히 시에서 출생.

■ 1793년   단치히가 프러시아에 병합되자 온 가족이 함부르크로 이사.

■ 1797년   부친과 함께 프랑스 여행 중 르아브르에 사는 부친의 친구 그레고아르 드 브레시마르의 집에 2년간 머물며 프랑스어를 배움.

■ 1799년   함부르크로 돌아와 철학 박사 룽게가 교장으로 있는 사립학교에서 4년간 수학.

■ 1803년   학자가 되기 위해 김나지움에 진학하려 하나 그를 상인으로 키우고자 했던 부친의 권유로 2년간의 장기 여행을 떠남. 네덜란드를 거쳐 영어 공부를 위해 런던 교외의 윔블던에 있는 신부(神父) 랭카스터

의 집에서 3개월 동안 유숙, 6개월간 런던 체류.

　■1804년　파리에서 늦겨울을 보낸 뒤 봄이 되자 프랑스 남부 지방을 여행.　다시 스위스, 빈, 드레스덴을 거쳐 베를린으로 향함. 이어 단치히로 가서 성 마리아 대사원에서 견신례(堅信禮)를 받음.

　■1805년　함부르크로 돌아옴. 상인이 되기 위해 호상(豪商) 이에보슈의 가게에서 견습생활을 함. 부친은 사망하고, 모친은 바이마르로 이주.

　■1807년　고타의 김나지움에 입학. 교장 데링으로부터 매일 2시간씩 라틴어 개인지도를 받음.

　■1808년　바이마르 김나지움으로 전학. 브레스라우 대학교수이던 파소우로부터 희랍어를, 김나지움의 교장 렌츠에게서 라틴어 개인지도를 받음.

　■1809년　바이마르 김나지움 졸업. 괴팅겐 의과대학에 입학.

　■1810년　의과에서 철학과로 옮김. G.E. 슐체로부

터 철학을 배우고, 플라톤과 칸트를 수학하면서 자신의 철학 기초를 다짐.

■ 1811년 베를린 대학으로 전학.

■ 1813년 베를린 대학에서 4학기가 끝나기 전, 전쟁을 피해 드레스덴으로 갔다가 바이마르의 모친에게로 돌아갔으나 불화 끝에 가출. 〈충족이유율의 네 가지 근거에 대하여〉를 완성, 예나 대학에 제출하여 철학 박사학위를 받음. 이 논문을 읽은 괴테가 자기의 〈색채론〉 연구에 동참을 권고함.

■ 1814년 드레스덴으로 이주. 도서관과 미술관 등을 다니면서 학문과 예술을 연구.

■ 1816년 〈시각과 색채에 대하여〉를 완성해 괴테에게 보냄.

■ 1818년 〈의지와 표상으로서의 세계〉 탈고한 뒤 이탈리아로 여행.

■ 1819년 4월, 로마를 거쳐 베네치아로 가서 부유

한 귀족 여인과 열애. 바이마르로 돌아와 괴테를 방문하고 베를린 대학 철학과에 이력서를 제출.

ㅍ 1820년 3월, 베오크 교수 입회하에 〈원인의 네 가지 다른 종류에 대하여〉라는 제목으로 교직에 취임할 시험 강의를 시도함. 결국 베를린 대학에 강사로 취임하여 〈철학 총론-세계의 본질과 인간 정신에 대하여〉를 매주 강의.

■ 1821년 〈하나의 가지〉라는 자서전적인 산문 집필.

■ 1822년 〈편지 보따리〉 집필.

■ 1825년 자신의 하숙방 객실에 마음대로 드나들고 잔소리가 심하다는 이유로 한 여자 재봉사를 떠밀어 불구로 만듦. 소송에서 패소한 뒤 그녀에게 평생 일정액의 부양료를 지불하게 됨.

■ 1828년 〈비망록〉을 집필하고, 여기에 〈진리를 위해 생애를 바친다〉는 표제 붙임.

■ 1825년 〈의지와 표상으로서의 세계〉 750부 중 600부 판매됨.

■ 1829년 논문 〈시각과 색채에 관하여〉 발표. 칸트의 저서 영역(英譯)을 계획함.

■ 1830년 〈사색〉 집필. 라틴어로 된 〈생리학적 색채론〉 발표. 〈센트포르스의 예언자〉 번역.

■ 1831년 베를린에 콜레라가 유행하자 프랑크푸르트로 이주. 〈콜레라書〉 집필.

■ 1832년 모친과 서신 왕래 재개. 바르타살 그라시안의 〈처세술신탁교육〉 번역.

■ 1836년 〈자연에 있어서의 의지에 대하여〉 출판.

■ 1837년 〈습유(拾遺)〉 집필. 프랑크푸르트에 창설된 괴테 기념비 준비 위원회에 〈괴테 기념비에 관한 의견서〉 제출.

■ 1838년 노르웨이 왕립학술원에서 모집한 현상논문 〈의지와 사유〉를 발송. 모친 별세.

■ 1839년 〈의지와 자유〉라는 현상논문 입선. 덴마크 왕립 아카데미에서 모집한 현상논문 〈도덕의 근거〉를 코펜하겐에 발송.

■ 1840년 덴마크 아카데미에서 논문 낙선. 영국의 화가 더 찰스 이스트레이에게 논문 〈시각과 색채에 대하여〉를 발송.

■ 1841년 〈윤리학의 두 가지 근본 문제〉 발간. 〈의지와 표상으로서의 세계〉 속편 집필.

■ 1843년 〈의지와 표상으로서의 세계〉 제 2권을 원고료 받지 않고 750부 간행.

■ 1844년 고료 없이 제 1권 재판 500부 간행.

■ 1845년 추밀원 법률고문관 F. 도루그트가 〈진리에 선 쇼펜하우어〉 간행. 〈소품(小品) 및 보유집(補遺集)〉 집필.

■ 1846년 철학박사 율리우스 프라우엔슈타트가 쇼펜하우어를 방문, 친교 맺음.

■1847년 학위논문 〈충족이유율의 네 가지 근거에 대하여〉를 대폭 수정하여 재판 간행.

■1849년 여동생 아데레 사망.

■1850년 〈소품 및 보유집〉을 원고료 없이 간행해 줄 것을 세 출판사에 교섭했으나 모두 거절당한 끝에 프라우엔슈타트의 주선으로 A.W. 하인 서점에서 출판을 인수.

■1852년 〈노령(老齡)〉 집필. 함부르크의 〈계절〉 지에서 〈소품 및 보유집〉에 대한 열광적인 찬사를 게재한 책자를 보내옴.

■1853년 존 옥센포드가 쇼펜하우어의 철학을 논한 〈독일철학에 있어서의 우상 파괴〉를 〈웨스터 민스터 리뷰〉지에 발표.

■1854년 〈자연에 있어서의 의지〉와 〈시각과 색채에 대하여〉 간행. 프라우엔슈타트가 〈쇼펜하우어 철학에 관한 서간집〉 공표.

■1855년 프랑스 화가 줄 룬테슈츠에게 초상화를 맡김. 다비드 에이샤가 〈독학(獨學)의 박사 쇼펜하우어에게 보내는 공개장〉 발표.

■1856년 룬테슈츠가 그린 초상화가 화려한 석판으로 나와 매출됨. 라이프치히 대학에서 〈쇼펜하우어 철학의 핵심의 해설 및 비판〉이라는 현상논문을 모집함.

■1857년 법률고문관 출신 카를 G. 벨이 현상논문에 2등으로 당선. 이 논문을 〈쇼펜하우어 철학의 개요 및 비판적 해설〉이라는 표제로 출판.

■1858년 2월 22일 70회 생일축하회 개최. 룬테슈츠가 쇼펜하우어의 두 번째 유화 초상화를 완성.

■1859년 화가 안기르베르트 게이베르에게 유화 초상화를 그리게 함. 여류조각가 엘리자베스 네이의 대리석 흉상 모델이 됨. 〈의지와 표상으로서의 세계〉 3판 간행.

■ 1860년 프랑스 〈독일 평론〉지에 마이어의 〈쇼펜
하우어가 고쳐 쓴 사랑의 형이상학〉 게재. 9월 21일 폐
수종(肺水腫)으로 별세.

당신이 생각한 마음까지도 담아 내겠습니다!!

책은 특별한 사람만이 쓰고 만들어 내는 것이 아닙니다.
원하는 책을 기획에서 원고 작성, 편집은 물론,
표지 디자인까지 전문가의 손길을 거쳐
완벽하게 만들어 드립니다.
마음 가득 책 한 권 만드는 일이 꿈이었다면
그 꿈에 과감히 도전하십시오!

업무에 필요한 성공적인 비즈니스 뿐만 아니라 성공적인 사업을 하기 위한
자기계발, 동기부여, 자서전적인 책까지도 함께 기획하여 만들어 드립니다.
함께 길을 만들어 성공적인 삶을 한 걸음 앞당기십시오!

도서출판 모아북스에서는 책 만드는 일에 대한 고민을 해결해 드립니다!

모아북스에서 책을 만들면 아주 좋은 점이란?

1. 전국 서점과 인터넷 서점을 동시에 직거래하기 때문에 책이 출간 되자마자 온라인, 오프라인 상에 책이 동시에 배포되며 수십년 노하우를 지닌 전문적인 영업마케팅 담당자에 의해 판매부수가 늘고 책이 판매되는 만큼의 저자에게인세를 지급해 드립니다.

2. 책을 만드는 전문 출판사로 한 권의 책을 만들어도 부끄럽지 않게 최선을 다하며 전국 서점에 베스트셀러, 스테디셀러로 꾸준히 자리하는 책이 많은 출판사로 널리 알려져 있으며, 분야별 전문적인 시스템을 갖추고 있기 때문에 원하는 시간에 원하는 책을 한치의 오차없이 만들어 드립니다.

시집, 소설집, 수필집, 시화집, 경제·경영처세술

개인회고록, 사보, 카탈로그, 홍보자료에 필요한 모든 인쇄물

www.moabooks.com

411-817 경기도 고양시 일산구 백석동 1332-1 레이크하임 404호
대표전화_0505-6279-784 FAX_0502-7017-017